Nilpferd

Nilpfeld

Das kleine Buch
vom großen Tier

Zusammengestellt von
Evelyne Polt-Heinzl

Residenz Verlag

Bibliografische Information der Deutschen Bibliothek
Die Deutsche Bibliothek verzeichnet diese Publikation in der Deutschen Nationalbibliografie; detaillierte bibliografische Daten sind im Internet über http://dnb.ddb.de abrufbar.

www.residenzverlag.at

Umschlaggestaltung: Ramona Scheiblauer
Umschlagbild: Tone Fink / Artone für Josef Otten GesmbH
Typografische Gestaltung, Satz: wolf, www.typic.at
Gesamtherstellung: Ueberreuter Buchbinderei
und Buchproduktion Gesellschaft m. b. H.

ISBN 3-7017-1445-2

Inhalt

Fazit

Anhang

Warum das **Nilpferd** *in der Literatur* **unentbehrlich** *ist*

Ein Mann hat sich hoffnungslos verstiegen. Vor sich die glatte Felswand, unter sich der gähnende Abgrund. Schweiß, Angst, Ausweglosigkeit. Da öffnet sich in der Wand vor ihm plötzlich ein Fenster, und ein kleines Nilpferd fordert den Erschöpften auf, einzutreten. Drinnen im wohnlichen Felsensaal, gemütlich vor dem Kamin sitzend, verlangt das Nilpferd seinen Lohn: Es will Geschichten hören beziehungsweise Manuskripte des Autors lesen. Ein klassisches Motiv, um bunt zusammengewürfelte Geschichten zu einem Kranz zu winden. Dazwischen äußert das Nilpferd in wohlgesetzten, auch belehrenden Worten seine Meinung zum Gelesenen, und der Ich-Erzähler wundert sich darüber ebenso wenig wie der Leser, denn Paul Scheerbart versteht es wie kaum ein anderer, das Skurrile für das Normale zu nehmen und zu präsentieren.

Scheerbarts »Immer mutig! Ein phantastischer Nilpferdroman mit 83 merkwürdigen Geschichten«, erschienen 1902, ist so wundersam wie das Nilpferd selbst. Das beginnt bei den Dimensionen. Das Nilpferd ist das größte amphibische Säugetier: vier Meter lang, eineinhalb Meter hoch und zwei bis drei Tonnen schwer. Wegen seines Fassungsvermögens wurde es wohl auch von einer Bank zum idealen Sparschwein-Maskottchen adaptiert, eignet sich aber sonst nicht gut als Haustier. Nur in Kurt Schwitters Groteske »Die Zoologische Garten-Lotterie« meistert die Gewinnerin des Nilpferds alle Probleme mit großer Sorglosigkeit. Allerdings ertrinkt das Tier in der ersten Nacht in der vom laufenden Wasserhahn überfluteten Küche: ein reichlich grotesker Nilpferd-Tod.

Was die Tonnage betrifft, ist dem Nilpferd das Nashorn am nächsten, und das führt mitunter zu Identitätsproblemen. So ist Peter Hammerschlags »Nasenbohr-Nashorn« eigentlich ein »Nilpferd-Kind in Afrikas Oase«, das, wie Reim und Titel erwarten lassen, gerne in der Nase bohrt. Die Strafe ist ein erzwungener Gattungswechsel, es wächst ihm ein Nasenhorn, worüber es sich sehr kränkt. Auch von Karen Duve gibt es einen gereimten Mutationsbericht vom Nilpferd zum Nashorn, allerdings ins Positive gewendet. »Weil das Nilpferd Pickel hat«, natürlich auf der Nase, wird's von seinen Kollegen verhöhnt, die Nashörner jedoch sehen die tiefere Schönheit der immer größeren Pickelbeule und machen es zum König. Das ist allerdings eine Wortspende für »Das große Nashornbuch« und daher wohl etwas parteiisch. Denn einsichtiger ist schon, daß die Mutation vom friedlich-philosophischen Nilpferd zum aggressiv dahertrampelnden Nashorn imagemäßig einen gewissen Abstieg darstellt.

Tatsächlich ist *Hippopotamus amphibius*, das Fluß- oder Nilpferd, das am Nil seit gut 250 Jahren nicht mehr vorkommt, sondern nur mehr in den Seen Ostafrikas, mit dem Nashorn überhaupt nicht verwandt, es gehört vielmehr zur Familie der Schweine, obwohl das Nilpferd rein vegetarisch lebt – auch ein sympathischer Zug. Des Nachts streunen Nilpferde weit umher, um Unmengen – etwa einen Zentner – an Gras in sich hineinzuschlingen. Berühmtheit ob ihrer enormen Mobilität erlangte die südafrikanische Nilpferddame Huberta. Von 1928 bis 1931 legte sie an die 1600 Kilometer zurück, bis sie von Jägern erschossen wurde. Heute steht Huberta ausgestopft am Eingang des Kaffrarian Museums in Kingwilliamstown und ist damit auch eine Art Mahnmal für die Beinahe-Ausrottung ihrer Gattung: Nilpferdfleisch ist schmackhaft, und die drei Kilo schweren Hauer sind aus Elfenbein.

Da Nilpferde nachtaktiv sind, findet man sie tagsüber meist faul und versonnen, aber durchaus gesellig in Gruppen in Ufernähe treiben. Wenn sie so träge-entspannt im Wasser liegen, nur der Kopf schaut raus, mit den freundlichen Nasenlöchern, den runden, leicht kummervoll vorstehenden, wissenden Augen, den winzigen Propellerohren und das breite Maul mit den lustigen Bartstoppeln wie ständig zum Grinsen bereit, oder zum Gähnen – es ist ein Bild des Friedens und der Wohligkeit, so als hätten die Nilpferde schon in der Urzeit die Wellness-Welle erfunden.

Denn mit der Urzeit scheinen sie noch direkt in Verbindung zu stehen. Nicht von ungefähr ist ihr erster literarischer Auftritt in der Bibel, im Buch Hiob, damals – der Große Brehm war noch nicht erschienen – noch »Behemoth« genannt. »Er ist das erste der Werke Gottes (…) Er liegt unter Lotosbüschen, im Rohr und im Schlamm verborgen.« Eine sehr nette Legende erklärt die Entstehung des

Nilpferdes so: Ein Pferd litt unerträglich unter der Hitze, da erbarmte sich der Nilgott seiner und stattete es umweltadäquater aus: Die Haut vom Elefanten, das Fett vom Schwein, den Nacken vom Stier, die Lunge vom Wal, den Rachen vom Krokodil – also von überall das Beste, und deshalb ist das Nilpferd so glücklich und lacht immer. Einen Schöpfungsbericht gibt auch Peter Hammerschlag: »Es hat sein U zwar auch der schmucke Lurch – / Doch welches Vieh, wenn man die Schöpfung mustert, / Ist noch so Ur- und U, ganz durch und durch / Von Urgewalt zur Ungestalt geplustert?!« In »Ururstunden« aus Gottes Ursuppe gemacht, fügt sich harmonisch Wulst an Wulst zu »Kugeln, Wucht und Klumpen«. Peter Hammerschlag hatte eindeutig eine besondere Beziehung zum Nilpferd, generell rät er allen Bedürftigen und Beladenen: »Im Unmut sollst du Zuflucht bei ihm suchen! / Voll guten Mutes küßt's dich auf den Mund / Und gibt dir Futter. Guten Dschungelkuchen.«

Es scheint eine Korrelation zwischen Nilpferd-Affinität und Hang zum Skurrilen zu geben. Daß Kurt Schwitters »Die Geschichte vom Hasen« schreibt, der sich unter anderem auch in ein Nilpferd und vom Nilpferd in einen Dampfer verwandelt, hat einfach eine innere Logik. Auch Eckhard Henscheid nennt das Nilpferd eine »Trostgestalt vom Höchsten«. Mit seinem straffen Runzelleib scheint es »aus einer Region weit vor den Anfängen der Genesis herzurühren, aus dem Grenzflur ja bereits zum Göttlichen«. Das verleiht natürlich ein gerüttelt Maß an Gelassenheit, die sich in der mächtigen Leibesfülle und den ruhigen Gesichtszügen ausdrückt. Nilpferde sind philosophische Tiere. Das wußte auch Christian Morgenstern. Er läßt ein Nilpferd aus Gram darüber sterben, daß es aufgrund eines Schreibfehlers plötzlich »Stilpferd« heißt: »Worauf es flugs von den Ästheten / als Wappentier ward auserbeten«, was dem philosophischen Tier einfach unerträglich war. Nonsens steht auch an der Wiege von Schnuffi, dem Nilpferd der »WimS« (»Welt im Spiegel«), das 1964 bis 1976 als Mittelstück der Satirezeitschrift »Pardon« seine stets vier (von Robert Gernhardt gezeichneten) Bilder umfassenden Abenteuer erlebte. Schnuffi ist ein männliches Nilpferd mit vorstehenden Schneidezähnen und Ponyfransen, geht auf zwei Beinen, trägt gern unvorteilhafte kurze Hosen und häufig eine dicke, schwarze Brille.

Durch seine fremdartige, durchaus einschüchternde Physis kann das Nilpferd aber auch Elemente des Unheimlichen und Nächtigen transportieren. In der Erzählung »Der Hippopotamus« von Ernst Jünger ist es ein Aquarell mit Nilpferd, das die Geschichte einleitet und ihr Thema von der inneren Logik des Wahnsinns präludiert. Das Bild zeigt einen Pommerschen Bauernhof inmitten weiter Wiesengründe und eine Scheune, in der ein Flußpferd steht. Dem Betrachter kommt das gar nicht seltsam vor, denn farblich paßt das Dunkelgrau des Tiers wunderbar zum satten Grün der Wiesen, und es wirkt einfach logisch, daß ein so großer Esser sich in einer üppigen Weidelandschaft wohlfühlen muß.

Wenn Nilpferde das Wasser verlassen, tun sie das trotz ihrer kurzen dicken Beine und dem plumpen, schweren Leib mit erstaunlichem Klettergeschick. Von den Proportionen sollte man sich nicht täuschen lassen. Nilpferde sind wendig und, wenn es sein muß, auch sehr schnell, bis zu dreißig Stundenkilometer. Eugen Roth, in dessen holpernden Versen oft viel Entlarvendes über die verquere Gutmütigkeit der biederen Kleinbürgerseele nachzulesen ist, hat eine wenig schmeichelhafte Erklärung für die Beliebtheit des Nilpferds: »Jetzt aber trifft man allerwegen / Das plumpe Tier in den Gehegen / Und freut sich sehr als Mensch und Christ, / Daß man nicht auch so häßlich ist.«

Aber das ist allenfalls die halbe Wahrheit. In ihrer ganzen Schwerfälligkeit haben Nilpferde durchaus etwas Graziles. Es ist dieser Widerspruch zwischen Plumpheit und Geschmeidigkeit, der fasziniert, und auch der zwischen physischer Riesenhaftigkeit und prinzipieller Friedfertigkeit. Geraten zwei Flußpferde aneinander, sperren »beide ihr Maul auf, so weit sie nur können, haken ihre großen Hauer ineinander und entschlummern so, gähnend«.

Das ist die etwas geschönte Version, die Wolfgang Hermann vom Sozialverhalten der Nilpferde liefert. Aber prinzipiell stimmt das schon. Nur wenn sie sich angegriffen fühlen, werden sie aggressiv. In Karl Mays »Sklavenkarawane« kommt so ein Kampf der Giganten vor, und zwar zwischen einem Nilpferd und einem Elefanten, dem es mit einem gewaltigen Biß den Rüssel abreißt. Sehr übel und sehr langatmig, wie Karl May das schildert, die nicht schwer zu erratende psychologische Interpretation dieses schaurigen Kampfes kann man in Arno Schmidts »Sithara« nachlesen.

Über seine Tapsigkeit und stets gähnbereite Friedlichkeit hat sich das Nilpferd auch in die Kinderzimmer geschlichen. »Die Gelse ist ein frecher Wicht, weil sie das arme Nilpferd sticht«, reimt Erwin Moser eine kindgerechte Version von der dickfelligen Langmut des Nilpferds. Verkleinerungssimulationen gewichtiger Tiere schmeicheln kindlichen Omnipotenzträumen und simulieren die äußerste Kolonisation des Fremden. Das hat Burghart Schmidt in seiner kleinen »Philosophie durchputzbar-abwaschbarer Handlichkeit« am Beispiel des Teddybären analysiert. Und so ähnlich geht's wohl auch beim Nilpferd zu.

Es gibt eine erstaunliche Fülle an Kinderreimen und Kinderbüchern zum Nilpferd. Auffallend häufig erzählen die Geschichten von Nilpferdmädchen. Oft sind sie aus irgendeinem Grund zunächst melancholisch und unzufrieden mit ihrer Situation, vor allem auch mit ihrer Körperlichkeit. Katharina, das Zirkusnilpferd, kann nicht durch den Reifen springen, weil es stecken bleibt, Veronika will in die Stadt, richtet mit ihrer Fülligkeit dort aber nur einen Störfall nach dem anderen an, ein kleines Nilpferd will laufen wie die Gazelle, brüllen wie der Löwe und turnen wie die Affen. Da es pädagogische

Kinderbücher sind, steht an ihrem Ende immer die glückliche Selbstbescheidung, womit das Nilpferd sein Image des Weise-über-den-Dingen-Stehens rehabilitiert.

Vieles davon ist in dieser Textsammlung zusammengetragen und nachzulesen. Zu erfahren gibt es aber noch wesentlich mehr: etwa über die bevorzugte Zeitungslektüre des Nilpferds, seinen Auftritt in Goethes »Faust«, über das Familienleben samt einigen pikanten Indiskretionen und auch, weshalb es letztlich gut ist, dass Nilpferde dieses Buch nicht lesen können …

Zur Einstimmung

Wilhelm Busch

Das Nilpferd pflückt sich oft gemüthlich
Ein Blümchen ab. Das macht sich niedlich!

Paul Scheerbart

Gerettet

Ich hatte mich verstiegen. Und das kam mir so selbstverständlich vor. So mußte es kommen. Jetzt konnte ich nicht mehr weiter; rauf ging's nicht mehr und runter auch nicht. Allerdings – runter wär's wohl gegangen – runterkommen kann man immer.

Aber die Sache hatte einen Haken. Neben mir ging's hinunter in die Tiefe – da hätte ich mich kopfüber hineinstürzen können – doch bei dem Sturz wäre mir wohl der Atem vergangen – und mein Körper wäre wohl zu Brei geworden.

Ich befand mich in einem Gebirge, das aus hartem Stein bestand. Es tat mir leid, daß ich so rücksichtslos immer höher gestiegen war. Ich starrte die glatte Felswand vor mir nicht sehr geistreich an; in die grausige Tiefe wagte ich nicht hinabzublikken, denn ich glaubte, nicht ganz schwindelfest zu sein.

Und siehe, da hob sich vor mir in der glatten Felswand eine Platte heraus und schob sich zur Seite, und ich erblickte in der entstandenen Öffnung ein kleines Nilpferd, das kaum halb so groß war als ich selbst.

»Na, Onkelchen«, sagte das Nilpferd, »wohin willst du?«

»Ich habe mich verstiegen!« erwiderte ich traurig.

»Das merkt 'n Pferd!« rief das Nilpferdchen. »Tritt nur näher! Oder – willst du abstürzen?«

»Nein! Nein!« sagte ich schnell.

Und ich folgte dem kleinen Tier, das eine Lampe anzündete und mich durch einen Felsgang führte. Nach ein paar Augenblicken stand ich in einem sauberen Felsensaal. Oben in den hohen schwarzen Gewölben brannten weiße Ampeln aus Milchglas; Birnenform hatten die Ampeln – die Stengel hingen unten als dicke Schnüre. Jetzt erst bemerkte ich, daß das kleine Nilpferd, das wie ein Mensch auf den Hinterbeinen ging, einen dunkelblauen Flanellrock anhatte; der ließ nur den Kopf und die vier Füße frei.

»Nimm Platz!« sagte das Nilpferd, und es setzte sich auf einen Schaukelstuhl.

Ich setzte mich neben dem großen grünen Ofen auf eine Holzbank. Eine dunkelgraue Plüschdecke war über den ganzen Fußboden gespannt. Von Möbeln sah man nicht viel; es schien eine Art Empfangsraum zu sein. Es war mir aber außerordentlich gleichgültig, wo ich mich befand; ich war müde und abgespannt und durchaus nicht froh über meine Rettung.

»Dir ist nicht ganz wohl!« sagte das Nilpferdchen nach einer Weile.

Und ich erwiderte hastig:

»Wenn das nicht stimmt – dann weiß ich nicht mehr, wieviel drei mal drei ist.«

»Die Antwort«, flüsterte mein Retter, »ist von einer geradezu seltsamen Bestimmtheit.«

Ich starrte den hohen grünen Ofen an und war stumm wie ein Stockfisch. Wir hörten im Hintergrunde langsam eine große Uhr ticken und rührten uns nicht. So mochten wir wohl eine gute halbe Stunde gesessen haben, als das Nilpferdchen leise fragte:

»Hast du vielleicht ein Manuskript bei dir, das recht traurig stimmt? Du hast doch sonst immer Manuskripte bei dir.«

Ich drehte den Kopf langsam um, sah das Nilpferdchen groß an und sagte unsicher:

»Woher weißt du denn, daß ich sonst immer Manuskripte bei mir habe? Ich muß mich doch wundern.«

Da sprang das Nilpferdchen von seinem Schaukelstuhl auf und hopste im Felsensaal herum und rief laut:

»Er muß sich doch wundern! Er muß sich doch wundern! Daß ein redendes Nilpferdchen ihn gerettet hat – das wundert ihn nicht. Aber daß das Tierchen so viel weiß – das wundert ihn.«

Und dann sprang das kleine Vieh ganz dicht an meine Seite und sprach im tiefsten Baß:

»Ich freue mich ganz eklig, daß du dich noch wunderst. Leute, die sich noch wundern können, sind noch nicht ganz tot. Und daß du noch nicht ganz tot bist, das ist sehr gut. Denn – wärest du ganz tot, so hätte ich's bedauern müssen, dich gerettet zu haben; Leichen rettet man doch nicht.«

Ich blickte dem Nilpferdchen ins Gesicht und wunderte mich jetzt, daß es so gut reden konnte. Und ich fragte leise und höflich:

»Was soll ich tun?«

»Gib mir«, antwortete das Tier, »eine Geschichte zu lesen, die recht traurig stimmt.«

Da suchte ich denn in meinen Taschen und blätterte in allen meinen Sachen, schüttelte oft den

Kopf und gab dem freundlichen Nilpferd schließlich eine Geschichte, die mir in diesem Falle zu passen schien.

Das kleine Tier setzte sich eine blaue Brille auf, ging mit meinen Blättern wieder zum Schaukelstuhl, ließ sich auf diesem vorsichtig nieder und las.

Das Nilpferd an und für sich

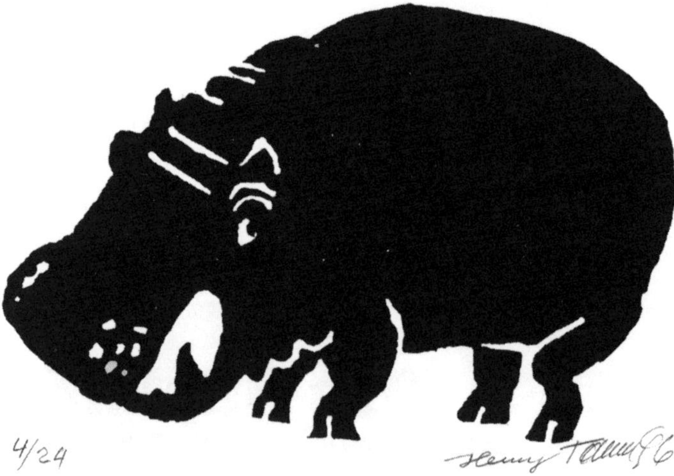

4/24

T. S. Eliot

Das Hippo*potamus*

Und wenn der Brief bei euch gelesen ist, so schaffet,
daß er auch in der Kirche zu Laodizea gelesen werde.

Das wulstnackige Hippopotamus
Im Matsch auf seinem Bauche ruht,
Wiewohl es so massiv erscheint,
Ist es doch nur aus Fleisch und Blut.

Fleisch-und-Blut ist zart und schwach,
Da's schon ein Nervenschock umhaut,
Die wahre Kirche geht nie fehl,
Weil sie auf einen Fels gebaut.

Des Hippos Tritte straucheln leicht,
Wenn es obliegt des Lebens Plag,
Die wahre Kirche keinen Finger regt
Für Zins und Kapitalertrag.

Das Potamus gereckt es nie
Zum Mango auf dem Baum, oje;
Von Ananas zu Dattelbeer
Labt sich die Kirch aus Übersee.

Zur Ranzzeit schallt aus Hippos Hals
Ein Ton, der wild und aufgerauht,
Ob ihrer Einigkeit mit Gott erschallt
Allfort der Kirche Jubellaut.

Das Hippo döst den ganzen Tag,
Schweift nachts nach Nahrung weit und breit,
Des Herren Wege wunderbar –
Die Kirche schläft und ißt zur gleichen Zeit.

Ich sah das Potamus gen Himmel fahren,
Hochranken sich aus modrigen Savannen,
Und Singe-Engel, die sich ringsum scharen,
Mit Gottes Lob und lautem Hosiannen.

Das Blut des Lammes wäscht es rein,
Himmlische Arme es um seinen Nacken fühlt,
Unter den Heiligen wird's gar gesehn,
Wie es auf einer goldnen Harfe spielt.

Es wird gewaschen weißer als der Schnee,
Von allen Himmelsbräuten wird's gebusselt,
Indes die wahre Kirch hienieden bleibt wie eh,
Im Mief, in dem sie alldieweil gewusselt.

Karen Duve / Thies Völker

Huberta Ruheloses *Nilpferd*

Flußpferde sind keine Zugvögel, und sie sehen auch nicht so aus. Eher wie feiste Sofas. Normalerweise nehmen derart schwerfällige Tiere nicht die Unbequemlichkeiten des Reisens auf sich. Ein Flußpferd ist seinem Fluß, seinem See oder seiner Suhle so treu wie ein Schrebergärtner seiner Parzelle. Hubertas Eigensinn aber triumphierte über ihre dicken Gene. 1928 startete sie aus ihrer Lagune in Südafrika zu einer drei Jahre dauernden und 1600 Kilometer langen Wanderung, die sie berühmt machen sollte. Sie begann damit, die Küstenprovinz Natal in südlicher Richtung zu durchqueren, fraß sich durch Zuckerrohrfelder, sorgte in Gärten und im Durban Country Club für Aufruhr, blockierte Autostraßen und hopste zwischendurch auch mal in die Meeresbrandung. Schon bald hefteten sich Fotografen und Angestellte des Johannisburger Zoos an ihre runden Füße. Hubert, wie dieser Teufelskerl von einem Flußpferdmädchen anfangs irrtümlich genannt wurde, konnte aber niemals gefangen werden. Ihre Reise endete 1931, als Huberta beim Baden im Keiskamma River bei Kingwilliamstown von drei Jägern, die in ihr nicht die Nationalheldin erkannten, erschossen wurde.

Heute steht sie ausgestopft am Eingang der naturgeschichtlichen Abteilung des historischen Kaffrarian Museum in Kingwilliamstown. Die südafrikanische Bildhauerin Sonja Zytkow errichtete Huberta außerdem in den 70er Jahren in Sausalito, Kalifornien, ein Denkmal. Bis Amerika wäre Huberta allerdings auch unter glücklicheren Umständen nicht gelangt. Das Denkmal wurde 1989 bei einem Erdbeben zerstört.

Flußpferd • *Hippopota***mus amphi***bius*

Die zweite Bezeichnung »Nilpferd« hat heute für das Flußpferd keine Bedeutung mehr; denn im Nilunterlauf ab Khartum gibt es diese Flußbewohner nicht mehr. Das Flußpferd erreicht eine Körperlänge von 4 m, eine Schulterhöhe von 1,50 m und eine Schwanzlänge von 45 cm. Im Kapland wurde es nahezu ausgerottet. Es lebt heute nördlich des Oranje, vor allem in Sümpfen und Seen Ostafrikas. Seine Nachtration an Nahrung beträgt etwa einen Zentner Wasserpflanzen. Darum halten sich die oft stattlichen Herden in jenen Gebieten auf, die ein reiches Nahrungsangebot haben und außerdem noch Schlamm- und Sandbänke aufweisen. Dort ruhen die Flußpferde tagsüber gern. Wie viele andere Tiere auch, steckt das Flußpferd sein Revier durch Duftmarken ab. Das geschieht hier durch Harn und Kot, der durch schnelle Propellerbewegungen des Schwanzes auf Sträucher und Zweige zu beiden Seiten des Wechsels verteilt wird. Außerdem verhelfen diese Duftmarken zu einem Sichfinden der Geschlechter.

Das Flußpferd war schon in früheren Zeiten bekannt, wie uns die ägyptischen Denkmäler und die Bibel, die Schriften der Griechen und Römer beweisen. Die Jagd auf dieses Tier gehörte zu den beliebtesten Vergnügungen des vornehmen Ägypters. Wiederholt finden sich an den Wänden von Gräbern Darstellungen, die uns in anschaulicher Weise vorführen, wie man diesen Wasserriesen zu Leibe ging, indem man sie teils mit Harpunen erlegte, teils mit Metallhaken, die an zwei oder drei Stricken befestigt waren. Die Bibel sagt vom Flußpferd, seine Knochen seien fest wie Erz und die Gebeine wie eiserne Stäbe. Auch steht in ihr zu lesen, daß ein Nilpferd gern im Schatten des Rohres und im Schlamm verborgen liegt, von den Bachweiden gedeckt, daß es den Strom in sich schlucke und sich dünken ließe, als wolle es den Jordan mit seinem Maul ausschöpfen.

Das Flußpferd ist an das Wasser gebunden; denn es geht eigentlich nur ausnahmsweise ans Land. Dies geschieht da, wo der Strom nicht selbst reich an Pflanzen ist, regelmäßig während der Nacht. Wenige Meilen oberhalb der »Hauptstadt der Hölle«, wie die im Sudan Reisenden Khartum zu nennen pflegten, sieht man in den Schlammbänken der Stromufer häufig Spuren des Tieres, tief eingestampfte Löcher zu beiden Seiten einer muldenartig eingedrückten Furche. Die Löcher rühren von den Beinen her, die Furche von dem auf dem Schlamm dahingeschleppten Bauch, bis zu dem das Flußpferd auf dem weichen, nachgiebigen Boden versinkt. Die Ausstiege auf hohen, trockenen Ufern stehen zu der Plumpheit des Tieres in keinem Verhältnis; denn sie sind oft so steil, daß ein Mensch nur an ihnen emporklettern kann, wenn er sich rechts und links an den Zweigen festhält. Man bewundert daher die Kletterkunst des schweren Tieres. Von den Stiegen aus führt noch ein kurzer Gang in das Innere des Waldes. Oft aber erstrecken sich diese manchmal Hohlwegen gleichenden Wechsel weithin durch Wald und Savanne, schneiden auch große Flußbogen ab und sind zum Beispiel an den Djuv-Fällen des Lufire selbst in den roten Sandstein gehöhlt. Ein Forscher bemerkte im Maschunaland am Umniati einen doppelspurigen Wechsel, der eine Stromschnelle umging und etwa 10 cm tief in sehr hartes, kristallinisches Gestein geschliffen war.

An günstigen Stellen der Flüsse oder Seen kann der Kundige das Vorhandensein der riesigen Tiere bald entdecken. In Zwischenräumen von drei, höchstens vier Minuten gewahrt man bei ruhigem Wetter irgendwo Wasserdunst strahlartig ungefähr einen halben Meter hoch aufpuffen und vernimmt zugleich ein brausendes Schnauben oder Schnarchen: Dort ist dann soeben ein Flußpferd aufgetaucht, um Luft zu schöpfen. Wenn man nahe genug ist, kann man auch dessen Kopf etwas sehen. Das ist eine rote oder bräunlichrote Masse, auf der man zwei Spitzen, die Ohren, und vier Hügel, die Augen und Nasenlöcher, unterscheidet. Mehr als den Oberteil des Kopfes wird man von einem sich im Wasser aufhaltenden Flußpferd selten zu Gesicht bekommen, und diesen Kopf kann man leicht übersehen, wenn man zum ersten Mal hinblickt.

Das Flußpferd lebt gesellig. Nur alte Bullen findet man einzeln. Einer Gesellschaft genügt oft schon ein großer Tümpel zu längerem Aufenthalt. Bewohnen sie enge, weniger tiefe Gewässer, in denen die dürre Jahreszeit viele Stellen trockenlegt, so beobachtet man, daß sie den ganzen Tag über hierbleiben. Überhaupt verläßt die Gesellschaft nur an ganz menschenleeren Orten tagsüber das Wasser, um in der Nähe des Ufers teils auf seichten

Stellen, teils auf dem Land selbst sich zu sonnen. Dabei zeigen die bequem dahingestreckten Tiere ganz die Behaglichkeit der Schweine, die sich suhlen, oder der Büffel, die im Strom baden. Von Zeit zu Zeit grunzen die männlichen Tiere nach Art der Schweine und erhebt eins um das andere den Kopf ein wenig, um zu sichern. Sonst kümmern sie sich nicht viel darum, was um sie her vorgeht.

Gegen Abend aber kommt Leben in eine solche Gesellschaft. Das Grunzen der Männchen wird stärker. Die ganze Herde taucht spielend auf und nieder im Strom. Dann und wann beginnt sogar ein lustiges Jagen. Namentlich in der Nähe von Schiffen scheinen sie sich gerne zu zeigen und auch Boote bei abendlichen Fahrten auf größere Strekken hin zu begleiten. Zuweilen verursachen sie einen Höllenlärm durch ihr Schnauben und Grunzen, Brüllen und Wassergurgeln. Sie schwimmen mit erstaunlicher Leichtigkeit in jeder Wassertiefe, tauchen auf und nieder, bewegen sich ruck- oder satzweise und wenden sich mit überraschender Gewandtheit nach allen Seiten. Ich habe bei ruhigem Schwimmen des Tieres niemals eine heftige Ruderbewegung bemerken können: Das Wasser bleibt glatt und unbeweglich. Aber das Gegenteil findet statt, wenn das Tier wütend auf einen Feind stürzt oder nach einer Verwundung im Fluß umhertobt. Dann schnellt es die Hinterbeine überaus heftig zurück, schießt in Sätzen vorwärts und bringt einen ganzen See in Aufruhr, so daß er hohe Wellen wirft. Ja, die Gewalt seiner Bewegungen ist so groß, daß es in einem solchen Augenblick mittelgroße Fahrzeuge emporheben und zertrümmern kann. Auch wenn Flußpferde, die ganz ruhig am Flußufer sich sonnten oder die gar schliefen, plötzlich aufgestört und erschreckt werden, beweisen sie, daß sie gar nicht so plump sind.

»Das Wesen der Flußpferde ist keineswegs immer friedlich, wie wir es zum Beipiel im Kingani fanden. Auf dem Ugallafluß versperrten sie uns häufig den Weg, griffen auch, untertauchend und wieder emporkommend, unser Boot an, so daß wir uns so schnell wie möglich unter die Uferbüsche zurückziehen mußten. Einmal erhielt dabei der Kahn von dem Zahn eines daneben auftauchenden Tieres einen gewaltigen Stoß, so daß er fast gekentert wäre« (Böhm). Derartig schlichte und genaue Angaben über die Flußpferde sind aber recht selten. Meist wird Gehörtes nacherzählt, nicht selbst Erlebtes geschildert und mit phantasievollen Abenteuern aufgebauscht.

Am gefährlichsten ist das Flußpferd, wenn es

ein Junges zu hüten hat. Die für ihr Kind zärtlich besorgte Mutter sieht auch in den ungefährlichsten Dingen immer Gefahr. Sie läßt ihr Kind keinen Augenblick aus den Augen und bewacht jede seiner Bewegungen mit Sorge. Die Flußpferdkinder werden im Wasser geboren. Die Mutter wirft nur ein Junges, das bei der Geburt etwa 40 kg wiegt. Die erste Tätigkeit dieses Säuglings ist es, so schnell wie möglich an die Oberfläche zu kommen, um Luft zu schöpfen. Dabei sind die Mütter oft behilflich, indem sie das Kleine mit dem Rücken nach oben drücken. Will das Kind trinken, muß es wieder nach unten, denn unter Wasser wird genährt.

Die ersten Flußpferde, die in Deutschland 1859 auf einer Rundreise dem erstaunten Publikum vorgeführt wurden, kamen anschließend in den zoologischen Garten von Amsterdam, wo 1862 das erste Zoo-Flußpferd geboren wurde. Heute sind diese imposanten Tiere zu Lieblingen der Zoobesucher geworden, tragen vielfach Namen, und ihr Lebensweg wird meist mit größter Anteilnahme verfolgt.

Zwerg*flußpferd* • Cheropsis *liberiensis*

Die Größe des Zwergflußpferdes beträgt 1,50 m, die Schulterhöhe 80 cm, die Schwanzlänge 15 cm, das Gewicht 250 kg. Das Zwergflußpferd lebt in den Sümpfen von Liberia, Sierra Leone und Guinea. Im Gegensatz zu seinem größeren Verwandten ist das Zwergflußpferd ein Einzelgänger. Hierin liegt vermutlich auch der Grund, warum das Tier verhältnismäßig spät entdeckt wurde, und zwar erst im Jahr 1912. Der Ruhm dieser Entdekkung gebührt dem Großwildjäger und Forschungsreisenden Hans Schomburgk.

Wohl war die Kunde von der Existenz eines sagenhaften Tieres in den trügerischen und brodelnden Sumpfdschungeln Liberias seinem ersten Erscheinen im Europa vorausgeeilt. Nur wenige Weiße aber hatten es in freier Wildbahn beobachten können. Immer wieder verstanden es die schwarzen Jäger, das Geheimnis um dieses kostbare Jagdwild zu hüten, gerade weil dessen Fleisch so wunderbar nach aromatischen Kräutern duftet – die das Tier frißt – und sein Geschmack für den europäischen Gaumen mit dem des Rindes und des Schweines zu vergleichen ist.

Das Zwergflußpferd, glänzend wie lackiertes Ebenholz, manchmal auch stumpf wie ein Autoreifen, lebt still und zurückgezogen. Als zum erstenmal die Kunde von dem geheimnisvollen Waldbewohner an der Küste Liberias in die Handelsniederlassungen drang, wagte dennoch kein Weißer sich in die stickigheißen Dickichte, um das seltsame Tier zu erlegen und gar zu fangen. Man schrieb das Jahr 1844, und damals lauerten selbst an der Küste des noch wenig erschlossenen Landes überall Gefahren. Es wäre viel zu gefährlich gewesen, in den Dschungel zu gehen.

Doch es gab Kattunstoffe in der Niederlassung, es gab auch Salz, Werkzeuge und blitzende Messer, damals noch lockende Schätze, mit denen man den Schwarzen vielleicht ihr Geheimnis entlocken konnte. Aber es bedurfte noch feierlicher Versprechungen, daß man ihr Jagdwild nicht antaste. Bald gelangte der erste Schädel des noch unbekannten Tieres – aufgelesen auf dem Abfallhaufen eines Dorfes, benagt von Hunden und Wildtieren – nach

Monrovia. Ein lebendes oder totes Tier lieferten die Neger nicht. Sie aßen es lieber, als daß sie es eintauschten. So mußte sich der Zoologe Dr. Samuel G. Morton in Philadelphia mit den von Freunden gesandten Knochenresten begnügen, um das geheimnisvolle Tier zu bestimmen. Doch für ihn als Wissenschaftler war schon der benagte Schädel viel wert. Er beschrieb danach zum erstenmal das afrikanische Urwaldwesen und gab ihm den Namen »Zwergflußpferd«.

Der Schleier des Geheimnisses ruhte weiterhin 35 Jahre auf diesem Dschungelbewohner. Dann drang der Schweizer Zoologe Johann Büttikofer auf einer zweieinhalbjährigen Forschungsreise für das holländische Reichsmuseum in Leiden ins Innere Liberias vor. Und ihm endlich gelang es, er fand das Zwergflußpferd. Er beobachtete es, doch auch ihm war es nicht möglich, ein lebendes Exemplar zu bekommen.

Wiederum vergingen mehr als 25 Jahre, bis aus Dublin die Nachricht eintraf, daß sich unter einem Tiertransport für die Royal Zoological Society of Ireland auch das sagenhafte Zwergflußpferd befinde. Neger hatten es am Little Scarcies River in Sierra Leone gefangen. Aber das Tier traf schon fast tot in Dublin ein. Wie schwierig es ist, tropische

Tiere während des Transportes richtig zu behandeln, mußte viele Jahre später auch eine deutsche Expedition erfahren, die 1926/27 unter der Leitung des Leipziger Zoodirektors Dr. J. Gebbing stand. Wohl gelang es ihr, sieben Zwergflußpferde in Fallgruben zu fangen, aber nur mit einem Tier kam sie glücklich bis zur Küste und nach Deutschland. Das Dubliner Zwergflußpferd starb bald nach seiner Ankunft. So wie es mit vielen kaum bekannten Tieren gegangen ist, so wurde auch das Zwergflußpferd bald wieder vergessen. Ja, man hielt es schließlich für ausgestorben.

Vierzig Jahre lag tiefes Schweigen über diesem Tier – bis 1912 Hans Schomburgk gleich fünf Zwergflußpferde dem überraschten Europa und Hagenbeck in Hamburg-Stellingen präsentierte. Eine große Sensation. Schon ein Jahr später schickte er noch ein Tier an den Zoologischen Garten in Berlin. Es war eine Zwergflußpferddame, die sich mit einem von Hagenbeck während des Ersten Weltkrieges im Berliner Zoo untergestellten Zwergflußpferdmann verheiratete. Sie schenkte im September 1921 den erstaunten Berlinern ein Baby. Damit war der geheimnisvolle Bann, der bisher über dem Bewohner der Sumpfwälder Liberias lag, endgültig gebrochen. Auch im New Yorker Bronx-Park kamen winzige Zwergflußpferde zur Welt. Von den durch Hagenbeck eingeführten Elterntieren wurde eins sogar 37 Jahre und 3 ½ Monate alt. In Europa und in Amerika blühte plötzlich die Zwergflußpferdzucht, zumal nun auch die Schweiz aus Amerika junge Tiere erhielt und seit 1930 zu einer wahren Arche Noah für diesen einst so seltenen Dschungelbewohner wurde: Der Baseler Tiergarten unter Professor Dr. Hediger spezialisierte sich auf Zwergflußpferdezucht und erlebte viele Nachzuchten.

Eines allerdings kam dabei allen zoologischen Gärten zugute: Man machte die überraschende Feststellung, daß die für ausgestorben gehaltene Rarität aus Afrikas freier Wildbahn höchst selten oder gar nicht krank wird. So ist es verständlich, daß es unter diesen Tieren tatsächlich bald eine Reihe von alten Zooinsassen gab, nicht nur in Amerika, sondern auch in Europa. Das Tier des Jahrganges 1913, das Hans Schomburgk an den Berliner Zoo sandte, wurde ebenfalls über 30 Jahre alt. Vielleicht hätte es noch länger gelebt, wenn nicht der Zweite Weltkrieg mit seinen Auswirkungen auf die deutschen zoologischen Gärten letztlich auch das Ende für die so wunderbar sich vermehrenden afrikanischen Sonderlinge gebracht hätte. Von der traditionellen Zwergflußpferdezucht in Berlin war nichts mehr geblieben. Erst sieben Jahre später konnte 1952 – neben Basel und Chikago – die Tierhandelsfirma L. Ruhe in ihrem Ruhrzoo Gelsenkirchen die Zucht dieser eigenartigen und schönen Zwerge wieder fortsetzen.

Kleine Zwergflußpferde gehören zu den niedlichsten und drolligsten Wesen, die man sich vorstellen kann. Ihre Plumpheit, die zierlichen Ohren und die großen Augen vermitteln uns das Bild hilfloser Unbekümmertheit. Aber sie ist nur scheinbar; denn schon zwanzig Minuten nach seiner Geburt läuft dieses Baby auf seinen ulkigen Beinstelzen vergnügt umher und bewegt seine acht Pfund Geburtsgewicht mit erstaunlicher Sicherheit. Im Gegensatz zu seinen größeren Flußpferdvettern liebt es zunächst das trockene Land mehr als das Wasser. Auf dem Land wird es auch geboren. Mit sichtbarem Behagen lassen Mutter und Kind sich mit warmem Wasser aus der Gießkanne berieseln, eine notwendige Maßnahme in den Tiergärten, um den Tieren die feuchte Urwaldluft zu ersetzen.

Der tägliche Umgang mit seinem Pfleger läßt das Baby sehr bald Vertrauen gegenüber dem Menschen gewinnen. Im Freigehege hält es den Besuchern das weitgeöffnete Maul wie eine mit gefährlichen Zähnen besetzte unersättliche Hamstertasche entgegen, in der harte Brötchen, Möhren, Erdnüsse in bunter Reihenfolge verschwinden. Sein gesunder Appetit bringt selbst die großzügigsten Vorräte der Zoobesucher sehr bald zum Erliegen. Daß dieser Vierbeiner zu den Tieren gehört, die mit einem falschen Namen auf der Welt herumlaufen, soll unsere Freundschaft nicht weiter stören. Mit den »Pferden« nämlich hat er wirklich gar nichts zu tun. Seine echten Verwandten sind die Schweine, und mit ihnen gehört er zu den nichtwiederkäuenden Huftieren.

Max Knight

Hippolytus **the Hippopotamus**

The happy hippo Hippolyt
says hipps must diet to be fit.
But then he waddles to the deli
and fills his belly.
O Hippolyt, you hypocrit!

Wie das Nilpferd entstanden ist

Peter Hammerschlag

»U«: das Nil*pferd*

Es hat sein U zwar auch der schmucke Lurch –
Doch welches Vieh, wenn man die Schöpfung
mustert,
Ist noch so Ur- und U, ganz durch und durch
Von Urgewalt zur Ungestalt geplustert?!

In Ururstunden – wußtest du es, du? –
Da kaum die Menschenbrut sich grunzend
muckste,
Schuf Gott den plumpen Kunden aus dem U
An einem Pfuhl, worin Ursuppe gluckste.

»Du bist nicht Nilpferd, du bist Pfurde-Null!«
So sprach der Herr. Dann fügte Wulst zum Wulst
er.
Und unsereins ist Unsinn, Ulk und Null
Vor Nulle-Pfurd im undurchlässigen Ulster.

Der Ulster schützt es gut vor Kuß und Gruß,
Und es besteht aus Kugeln, Wucht und Klumpen.
Das ist des Nulle-Pfurdes wuchtiges Plus
Vor uns geschundenen und wunden Lumpen.

Das Nullpfurd denkt phlegmatisch, doch gesund.
Im Unmut sollst du Zuflucht bei ihm suchen!
Voll guten Mutes küßt's dich auf den Mund
Und gibt dir Futter. Guten Dschungelkuchen.

Jorge Luis Borges

Der Behe*moth*

Vier Jahrhunderte vor der christlichen Zeitrechnung war Behemoth eine Vergrößerung von Elefant oder Nilpferd, oder eine falsche, der Angst entsprungene Mischung dieser beiden Tiere; heute ist er genau die zehn berühmten Bibelverse (Hiob 40, 15–24) und das riesige Wesen, das sie beschwören.

Der Name ›Behemoth‹ ist Mehrzahl; es handelt sich, so sagen die Philologen, um den intensiven Plural des hebräischen Wortes ›b'hemah‹, Bestie. Wie Fray Luis de Léon in seiner *Auslegung des Buches Hiobs* schrieb: »*Behemoth* ist ein hebräisches Wort, und es ist, als ob man *Bestien* sagte; nach allgemeinem Urteil der Schriftgelehrten bezeichnet es den Elefanten, so genannt wegen seiner gewaltigen Größe, denn er ist *ein* Tier und gilt für viele.«

Um des Interesses willen möchten wir daran erinnern, daß auch der Name Gottes, *Elohim*, im ersten Spruch des 1. Buches Moses' Mehrzahl ist, obwohl das Verb in der Einzahl steht (»Am Anfang schuf Elohim [– die Götter –] Himmel und Erde«), und daß diese Form der Pluralis majestatis genannt worden ist …[1]

Diese sind die Bibelsprüche, die uns den Behemoth beschreiben:

10. Siehe da den Behemoth, den ich neben dir gemacht habe; er frißt Gras wie ein Ochse.

11. Siehe, seine Kraft ist in seinen Lenden und sein Vermögen in den Sehnen seines Bauches.

12. Sein Schwanz streckt sich wie eine Zeder, die Sehnen seiner Schenkel sind dicht geflochten.

13. Seine Knochen sind wie eherne Röhren, seine Gebeine sind wie eiserne Stäbe.

1 Analog sagt die Grammatik der Real Academia Española folgendes: »*Wir*, obwohl seiner Natur nach Plural, wird mit Namen der Einzahl verbunden, wenn Personen, die mit einem würdevollen Amt bekleidet sind, von sich selbst sprechen; z. B.: *Wir, Don Luis Belluga, durch die Gnade Gottes und des Heiligen Apostolischen Stuhles Bischof von Cartagena.*«

14. Er ist der Anfang der Wege Gottes; der ihn gemacht hat, der gab ihm sein Schwert.[2]

15. Die Berge tragen ihm Kräuter, und alle wilden Tiere spielen daselbst.

16. Er liegt gern im Schatten, im Rohr und im Schlamm verborgen.

17. Das Gebüsch bedeckt ihn mit seinem Schatten, und die Bachweiden umgeben ihn.

18. Siehe, er schluckt sich den Strom und achtet's nicht groß; läßt sich dünken, er wolle den Jordan mit seinem Munde ausschöpfen.

19. Fängt man ihn wohl vor seinen Augen und durchbohrt ihm mit Stricken seine Nase?

2 Er ist das größte der Wunder Gottes, aber Gott, der ihn erschaffen hat, wird ihn zerstören.

Helga Hintaye

Wieso **es das Nilpferd** *gibt*

Es war in jener entschwundenen Zeit, als es noch keine Menschen auf der Erde gab, auch noch nicht alle Tiere, die wir heute kennen, doch wieder andere, deren Rasse längst ausgestorben ist. In jenen unendlich fernen Tagen also lebten in dem Landstrich, den wir heute Ägypten nennen und in welchem damals die Sonnen genauso heiß das ganze Jahr herunterbrannte wie heute, viele Herden wilder Pferde, die das weite Land durchstreiften.

Diesen Pferden – sie hatten schlanke, hohe Beine, schmale Fesseln, einen schön geschwungenen Hals und ein kurzes, in allen Braun- und Rosttönen gehaltenes Fell – ging es dort recht gut. Die Wiesen waren voll saftigen Grases, es gab auch Sträucher mit zarten Blättern, und der Nil durchfloß das Land, so daß auch reichlich Wasser vorhanden war.

Kurz, die Pferde führten ein schönes, freies Leben, nur – es war so schrecklich heiß. Tag für Tag glühte die Sonne herab, und obwohl die Tiere ja genügend Wasser hatten, um ihren dauernden Durst zu stillen, fühlten sie es trotzdem unerträglich heiß, und ihr Fell war immer naß von Schweiß.

Natürlich waren sie seit Generationen die Hitze gewöhnt, doch angenehmer wurde diese deswegen auch nicht. Warum liefen die Tiere nicht in den Nil, um sich abzukühlen oder darin zu schwimmen? Pferde können ja bekanntlich recht gut schwimmen. Nun, das hatte einen handfesten Grund: Im Nil gab es viele Krokodile, und die fraßen schon damals Fleisch und somit jedes Tier, welches ihrem weiten Rachen zu nahe kam. Dies wußten die Pferde, und darum schmachteten sie lieber am Land in der Hitze, als im kühlen Wasser ihr Leben zu riskieren.

So standen die Dinge, als eines Tages ein junger Hengst die Hitze nicht mehr ertrug und das bekam, was wir Hitzekoller nennen. Er raste wild ausschlagend durch die Gegend, Schaum vor dem Maul, mit rot unterlaufenen Augen, bis er erschöpft neben einem Strauch zusammenbrach. Dort blieb er lange Zeit wie besinnungslos liegen.

Ein kleiner Vogel, welcher in dem Strauch sein

Nest hatte, betrachtete voll Mitleid das erschöpfte Tier und flog viele Male dicht vor dessen Kopf hin und her, um ihm mit seinem Flügelschlag etwas Kühlung zuzufächeln.

Als der Hengst wieder zu sich kam, klagte er dem Vogel sein Leid wegen der unerträglichen Hitze und seufzte: »Ach, was gäbe ich dafür, wenn ich doch in den Fluß könnte! Tag und Nacht würde ich das Wasser nicht mehr verlassen; aber es ist so unerreichbar wie das Paradies!«

Der kleine Vogel hörte das verzweifelte Klagen voll Mitgefühl; dann zwitscherte er: »Ich will versuchen, dir zu helfen, du armes Pferd! Ich kenne den Nilgott! Er kommt bei Vollmond auf eine kleine Sandbank, um das Gefunkel des nächtlichen Sternenhimmels zu betrachten. Oft bin ich auf einem Stein neben ihm gesessen und habe für ihn gesungen. Vielleicht, wenn ich ihn bitte, dir zu helfen, wird er es tun. Heute nacht ist Vollmond; stell dich nur ans Nilufer gegenüber der Sandbank, damit der Flußgott dich sehen kann.«

Das erschöpfte Pferd blieb den ganzen Tag neben dem Strauch liegen und trottete bei Einbruch der Dämmerung langsam ans Nilufer, zu der ihm gezeigten Stelle. Hier starrte es in den nun durch die Dunkelheit undurchsichtigen Fluß, der leise plätscherte, und fühlte die herrliche, frische Kühle, die davon aufstieg. Es glaubte beinah den Verstand zu verlieren – so verzehrte es sich danach, in die kühlen Fluten zu steigen! Aber die langen Schnauzen der Krokodile, die in nächster Nähe herausragten, und ihre gelben, harten Augen hielten es doch zurück.

Endlich ging der Mond auf, der Fluß glitzerte in dessen Licht wie ein silbriges Band. – Da tauchte auch der Nilgott aus den Fluten empor und lagerte sich auf der Sandbank. Aus seinem langen Haupt- und Barthaar troff das Wasser, doch wurden die Tropfen, sobald sie den Boden berührten, zu lauter glashellen Perlen; bald saß der Gott inmitten eines schimmernden Berges voll gleißender Kugeln. Er ließ diese durch seine Finger gleiten und spielte damit wie mit rieselndem Sand. Dann betrachtete er das Firmament, an dem die Milliarden Sterne in blitzender Pracht erstrahlten.

Das Pferd war tief beeindruckt von der edlen Gestalt des Nilgottes, und insgeheim fürchtete es, daß dieser es gar nicht für nötig halten würde, sich um die Angelegenheiten eines Tieres zu kümmern, welches nicht in seinem Wasserreich lebte. Es stand also regungslos und wartete geduldig, was geschehen würde.

Da flog der kleine Vogel heran, setzte sich neben den Nilgott und sang; so hell und rein, wie er am Tage nie singen konnte, und der Nilgott betrachtete mit heiteren Augen das aus voller Kehle jubelnde Vöglein.

Als das Lied zu Ende war, sagte er (und der Hengst, der seine Ohren gespitzt hatte, verstand jedes Wort): »Du kleiner, schöner Vogel, du Geschöpf aus dem Erdreich, in dem ich nur ein paar Stunden des Nachts zu Gast sein kann, du hast mein Herz so oft entzückt mit deinen Liedern, welche schöner klingen als der Gesang meiner Nixen; ich möchte dir gerne meinen Dank dafür zeigen. Perlen erfreuen dich nicht; sage mir, womit ich dir Freude bereiten kann!«

Das Vöglein berichtete nun von den Hitzequalen des Pferdes, von dessen Sehnsucht nach dem Nil und bat, falls er für dieses etwas tun könnte, wäre das sein schönster Dank.

Der Nilgott blickte zum Ufer, an dem der Hengst stand und leise herüberwieherte, dann wandte er sich an den kleinen Vogel: »Ich kenne die Qual, sich nach etwas Unerreichbarem zu verzehren. Auch ich verzehrte mich einst vor Sehnsucht, auf die trockene Erde und an die Luft zu kommen; auch mir hat zur Erfüllung meines Wunsches ein gutes, mitleidiges Herz geholfen. Ich will nun, als meinen Dank dafür, auch diesem Hengst helfen.

Kommt beide beim nächsten Vollmond wieder hierher. Vielleicht kann ich dann schon Gutes berichten.« Und mit einem freundlichen Blick zum Ufer hin sank der Nilgott wieder langsam hinab in sein Wasserreich.

Das Pferd wartete nun, zwischen Hoffen und Bangen, den ganzen Monat. In dieser Zeit schloß es enge Freundschaft mit dem kleinen Vogel, und es zeigte sich, daß ein Erdgeschöpf mit einem Luftgeschöpf, obwohl sie so verschiedene Lebensweisen hatten, viele frohe Stunden verbringen konnte.

Endlich war es wieder Vollmond, das Pferd stand voller Ungeduld am Ufer und wartete auf den Nilgott. Als dieser um Mitternacht auftauchte, hielt er in den Händen ein Netz aus feinsten Schlingpflanzen, in dem sich viele Schatten bewegten.

Der kleine Vogel flog zur Sandbank und wollte sein Lied beginnen, doch der Gott hob den Arm und bat: »Sing heute nicht, es ist nicht so viel Zeit, um diesmal an mein Vergnügen zu denken. Ich habe für deinen Freund etwas mitgebracht, damit sein Wunsch, im Wasser des Nils leben zu können, in Erfüllung geht.« Mit diesen Worten zog er das Netz ganz aus dem Wasser.

Dem Pferd hüpfte das Herz in der Brust vor Erwartung. Da tönte auch schon die Stimme des Gottes zu ihm hinüber: »Wenn es dir nichts ausmacht, deine jetzige Gestalt zu verlieren und eine andere dafür anzunehmen, dann kann ich dir versprechen, daß du dich alle Zeit deines Lebens im Wasser des Nils aufhalten kannst; aber an Land wirst du nur ganz selten gehen können.«

Was kümmerte das Pferd seine Gestalt? Es sollte endlich in das so heiß ersehnte kühle Element kommen! Daher wieherte es hinüber, daß ihm alles recht sei, wenn es nur endlich ins Wasser steigen könne. Da öffnete der Nilgott sein Netz und zog etwas daraus hervor, das er ans Ufer warf und das Pferd damit bedeckte. Er rief dazu: »Die Erdgöttin hat mir für dich etwas mitgegeben! Hier hast du die Haut eines Elefanten!« Da spürte das Pferd, wie sein Fell verschwand und statt dessen eine dicke, faltige Haut seine Knochen umspannte.

»Hier hast du das Fett eines Schweines!« Ein weicher Klumpen flog hinüber und breitete sich unter der Elefantenhaut aus. »Da – nimm den breiten, kurzen Nacken eines Stiers!« Und das Pferd fühlte eine merkwürdige Veränderung an seinem aufgerichteten Hals vorgehen und ein Spannen im Kopf.

»Und dies sind die Geschenke meiner Nixen!« Damit warf der Nilgott eine schwammige Masse hinüber: »Die Lungen eines Wals!« Als das Pferd den nächsten Atemzug tat, merkte es, daß es eine riesige Menge an Luft behalten konnte.

»Jetzt nimm den tiefen Rachen eines Krokodils!« Damit erhielt es eine breite Höhle in seinem Maul.

So ging das noch mit einigen anderen Geschenken, bis das Netz des Nilgottes leer war – und dann stand auch das Pferd nicht mehr am Ufer, sondern ein neues Tier war geboren, welches sich auf kurzen Beinen mit einem großen Plumps ins Wasser fallen ließ.

»Nilpferd sollst du heißen«, rief der Gott, »und in meinem Reich weiterhin leben.«

Seit jener Nacht ist die Erde um ein Tier reicher geworden, und der kleine Vogel, der dazu verholfen hat, sitzt manchmal dem Nilpferd zwischen den Ohren und singt sein Lied, denn ihre Freundschaft ist geblieben. Wer einmal an den Nil kommt, sehe nach, ob er die beiden nicht vergnügt im Wasser findet.

Alex Wedding

Warum sich *das Flußpferd* **im Wasser** *aufhält*

In längst vergangenen Zeiten lebten alle Tiere des Waldes in guter Gemeinschaft; keines betonte sein würdiges Alter, keines hob seine Verdienste oder seine jugendliche Kraft hervor. Unglücklicherweise begannen dann die größeren Tiere, mit diesem Zustand unzufrieden zu werden. Und sie beschlossen, eine Parade abzuhalten, auf der jedes Tier seine Stärke und seine Talente zeigen konnte. Die kleineren Tiere mußten sich wohl oder übel diesem Beschluß fügen.

Am Morgen des Paradetages hatten sich alle Tiere versammelt. Ein Tier nach dem anderen trat in die Mitte und schritt auf und ab, wobei es aus seiner Kraft keinen Hehl machte. Zuerst kam das schönste aller Tiere, das Zebra; ihm folgten die Giraffe, das

Stachelschwein und die sanfte Antilope. Dann kamen die Tapferen: der Kaffernbüffel, der Leopard, der Löwe und wie sie alle heißen.

Als der mächtige Elefant in ihre Mitte trat, wurden alle mäuschenstill. Er drehte seinen massigen Körper in diese und in jene Richtung und ringelte seinen Riesenrüssel in die Luft. Schließlich legte er ihn um einen dicken Baumstamm und entwurzelte den Waldriesen mit einer kurzen Bewegung.

Ein Zittern der Angst lief manchem der Kleinen über den Rücken.

Nach dem Elefanten kam das Flußpferd, das damals noch auf dem Lande lebte, an die Reihe.

Es glaubte – und darin war es dem Elefanten gleich, das Größe Macht sei; und nun forderte es jeden zum Kampf heraus.

Die kleine Eidechse nahm die Herausforderung an. Mit einem kühnen Sprung hüpfte sie auf den Rücken des Flußpferdes und schlug ihm die Krallen ins Fleisch.

Das überraschte Flußpferd stöhnte vor Schmerzen. Es warf sich hierhin und dorthin, es rieb seinen Rücken an Bäumen und Steinen; nichts wollte helfen: Die Eidechse war da und blieb da!

Schließlich stolperte der große Flußpferdbursche und fiel der Länge nach hin.

Die Zuschauer jubelten und erklärten die Eidechse zum Sieger.

Damit hatte die Parade der Großen ein jähes Ende gefunden.

Das Flußpferd wollte nun nicht länger mit seinen bisherigen Nachbarn leben; es trottete gesenkten Hauptes davon und verkroch sich im Fluß.

Märchen der Aschantis von der Goldküste, Westafrika

Nilpferd
und Nashorn
– Mutationen
unter Dickhäutern

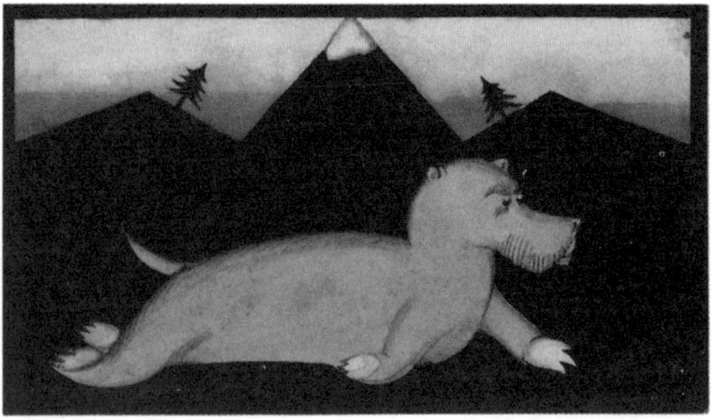

Kurt Schwitters

Die Geschichte **vom Hasen**

Es war einmal ein Hase, der war braun, hatte lange Haare und lange Ohren, einen kurzen Schwanz und hüpfte um die Ecke. Er hüpfte auch dann um die Ecke herum, wenn gar keine Ecke da war. Doch eigentlich war er gar nicht braun, sondern rosa, und seine Haare waren eigentlich kurz, sein Schwanz geringelt, und er hüpfte eigentlich überhaupt nicht, sondern grunzte und wühlte im Schlamm. Dann sah er schlammig aus, nicht mehr rosa, sondern dunkelgraurot, und wenn er kleine Ferkel hatte, dann saugten die an ihm. Doch eigentlich war er gar nicht graurot, sondern grauweiß, hatte viele Federn und ein Paar schöne Flügel, mit denen er aber nicht fliegen konnte. An seinen Beinen hatte er Schwimmflossen und schwamm stolz auf dem Teich im Park und ließ sich von den Leuten, die dort vorbeigingen, Brotkrumen zuwerfen. Das heißt, eigentlich schwamm er unter Wasser, hatte goldene Schuppen und einen Schwanz mit zwei Spitzen. Das heißt, eigentlich hatte er fast keinen Schwanz, hatte sehr kurze Ohren und war sehr dick und hielt sich mit Vorliebe im Nil auf. Sein Maul hatte eine stattliche Reihe von Zähnen. Das heißt, eigentlich wurde er mit Dampf betrieben, hatte hinten eine Schraube und vorn 2 Anker, in der Mitte einen Schornstein und auf der Kommandobrücke einen Kapitän und gehörte der Hamburger Süd. Das heißt, eigentlich war er sehr klein, sprang gern und weit und suchte Schutz unter den Kleidern der Damen, und die Damen kratzten sich.

Dieses war der Hase, und dieses war die Geschichte vom Hasen. Das heißt, eigentlich war es gar keine Geschichte, sondern eine Verwandlung, die aber den Hasen sogar reif gemacht hat.

Also war es doch eine Geschichte, und also war es doch von einem Hasen.

Christian Morgenstern

Das Naso*bēm*

Auf seinen Nasen schreitet
einher das Nasobēm,
von seinem Kind begleitet.
Es steht noch nicht im Brehm.

Es steht noch nicht im Meyer.
Und auch im Brockhaus nicht.
Es trat aus meiner Leyer
zum ersten Mal ans Licht.

Auf seinen Nasen schreitet
(wie schon gesagt) seitdem,
von seinem Kind begleitet,
einher das Nasobēm.

Hieronymus Zyx

Es paßt das Morgen-
stern'sche Nasobem
für Zyx in kein zoolo-
gisches System.

Peter Hammerschlag

Das Nasen*bohr***-Nas***horn*

Es lebte einst ein Nilpferd-Kind
In Afrikas Oase,
Das war für gute Lehren blind
Und bohrte in der Nase.

Es bohrte dauernd – nur zum Spaß –
Trotz Prügeln und Verboten
In seiner dummen Nilpferd-Nas
Mit seinen dicken Pfoten.

Da sprach die gute Nilpferd-Fee:
»Du mit den dicken Füßchen!
Tut dir das Nasenbohrn nicht weh?«
»Nein«, sprach es, »nicht ein bißchen!«

Sprach drauf die Fee: »Mein Kind, ich seh,
Zureden wär verloren.
Ich setz dir auf die Nas, juchhe,
Ein Horn, zum besser Bohren!«

Das Nashorn trägt ein Nasenhorn,
Sonst sieht's dem Nilpferd ähnlich.
Das Horn, das ist ihm angeborn,
Ihr kennt es wohl persönlich?

Das Horn, das kränkt es dann und wann,
Dann weint das Nashorn Tränen,
Das Nasenbohren aber kann
Es sich nicht abgewöhnen.

Karen Duve

*Pickel*könig

Weil das Nilpferd Pickel hat,
puhlt es an der Nase.
»Vorsicht, das entzündet sich«,
warnt Professor Hase.

Schon geht das Geheule los:
Seht doch diese Beule bloß!
»Hab' ich es nicht gleich gesagt«,
ruft der Hase ungefragt.
»Mit so dreckigen Pfoten
ist Pickel drücken verboten!«

Plötzlich taucht ein Nashorn auf
Mischt sich sofort ein:
»Der da mit dem großen Horn
Soll unser König sein!«

Kaum gesagt – schon getan.
Seht euch dieses Nilpferd an:
Eben noch verhöhnt,
Wird es jetzt gekrönt.
Alle Nashorns jubeln: »Scheeen!«
Wenn sie seinen Pickel seh'n.

Nashornmädchen seufzen süß:
»Was für eine Nase!«
Und des Königs Schleppe trägt –
Herr Professor Hase!

Eckhard Henscheid

Dem Nilpferd ist das Nashorn leid.
Warum? Nun ratet schnell!
Es neidet ihm sein schönes Kleid,
Das Horn und sein Gebell.

Joachim Ringelnatz

*Dick*häuter

Ein Elefant von vorn sieht fast
So aus wie ein Nilpferd von rückwärts.
Sie tragen beide schwere Last,
Manchmal pechwärts und manchmal glückwärts.

Sie tragen unter zementiger Haut
Viel Weiches und viel Zartes.
Wer richtig in ihren Rachen schaut,
Gewahrt es.

Sie lassen von Leuten, die außen weich,
Innen hart sind, sich erschießen.
Ich glaube: Ihr kommt ins Himmelreich,
Ihr Riesen!

Der Flieger, der die Erde umkreist,
Kriegt Ähnliches in Sicht.
Wie die Fliege, die euch belästigt, nicht beißt.
Beißen kann sie euch nicht.

Das Nilpferd familiär

C

Georg Bydlinski

Im *Nilpferd*kindergarten

Im Nilpferdkindergarten
stehen die Kinder im Kreis,
gehen die Kinder im Kreis,
laufen die Kinder im Kreis,
sie bilden eine Kette
und stampfen um die Wette.

Dann sind sie wieder leis
und gehn auf Zehenspitzen
zu ihren Nilpferdsitzen.

Otto Haubner

Die **Nilpferd***mutter*

(Sumpfiges Gewässer. Eine Nilpferdnachbarin kommt und nimmt Platz.)

Nilpferdmutter:
Ich hab' mich wirklich sehr gefreut.

Nilpferdnachbarin:
Worüber?

Nilpferdmutter:
Mein Sohn kam mich besuchen heut'.
Er wohnt in Schlammstadt, wie du weißt,
hat dort studiert, ist weit gereist …

Nilpferdnachbarin:
Was treibt er?

Nilpferdmutter:
Die Kunst. Er ist ein kluger Mann
uns kritisiert, was er nicht kann.

Nilpferdnachbarin:
Ist er noch hier?

Nilpferdmutter:
Er mußte leider wieder fort.
Du kannst ihn sehn. Er schreitet dort.

Nilpferdnachbarin:
Er ist, ich merk's an seinen Schritten,
dir wie aus dem Gesicht geschnitten.

Mira Lobe

Das *Nil*pferd

Wenn ein Nilpferd traurig ist,
weint es Nilpferdtränen.
Wenn ein Nilpferd müde ist,
fängt es an zu gähnen.

Kommt ein braves Nilpferdkind,
gute Nacht zu sagen,
schaut's dem Nilpferdopapa
fast bis in den Magen.

Peter Hammerschlag

Des Löwen *Geburts*tag

Der Löwe, der hat Geburtstag gehabt,
Da lud er die Tiere ein.
Die sind auch sofort durch den Urwald getrabt
Im Sonntagsgewand und sehr fein.

Zuerst kam das Nilpferd, der dicke Mann,
Es freute sich schon auf den Schmaus.
Das Trampeltier hatte Filzschuhe an,
Das Stinktier, das ließ man zu Haus.

Der Igel, er war ganz glatt rasiert,
Nicht stachlig, wie Igel sonst sind.
Das Känguruh kam zum Schlusse marschiert
Und trug in der Tasche sein Kind.

Der Papagei sagte ein schönes Gedicht,
Dann riefen die Gäste: »Hurrah!«
Der Löwe, der dankte mit frohem Gesicht
Und brüllte »u-ah, u-ah …«

Zuletzt gab es Schaumtorte wunderbar
Und Kuchen, Bonbons und Gelee.
Und seid ihr schön brav, dürft auch ihr nächstes
Jahr
Mit zum Löwengeburtstagstee.

Gerda Anger-Schmidt

Wer kommt mit auf den Federnball?
Der Kasperl kommt auf jeden Fall,
ganz sicher auch mein Teddybär
und der kleine Puppenherr,
der mit dem eingedrückten Zylinder,
der bringt auch meistens seine Kinder
und seine dreiundvierzig Hasen,
die Weltmeister sind im Seifenblasen.

Ein Platz ist noch frei.
Ich zähle bis drei!

Da geht die Türe auf,
herein kommt im Dauerlauf
das Nilpferd Katharina
und sagt: »Gehorsamster Diener!
Ich komme mit auf den Federnball!«
Schmeißt sich auf mein Bett mit Riesenkrawall,

und wären wir nicht schnell zur Seite gerückt,
das Nilpferd hätte uns alle zerdrückt.

Dann hat es Witze erzählt und gelacht
und plötzlich gegähnt: »Uaaaahhh – gute Nacht!«

Das Nilpferd zum Staunen

VON WALTER SCHMÖGNER

Johann Wolfgang von Goethe

Sieht aus *wie ein* **Nilpferd**

Soll ich mit dir das Zimmer teilen,
Pudel, so laß das Heulen,
So laß das Bellen!
Solch einen störenden Gesellen
Mag ich nicht in der Nähe leiden.
Einer von uns beiden
Muß die Zelle meiden.
Ungern heb ich das Gastrecht auf,
Die Tür ist offen, hast freien Lauf.
Aber was muß ich sehen!
Kann das natürlich geschehen?
Ist es Schatten? ist's Wirklichkeit?
Wie wird mein Pudel lang und breit!
Er hebt sich mit Gewalt,
Das ist nicht eines Hundes Gestalt!

Welch ein Gespenst bracht ich ins Haus!
Schon sieht er wie ein Nilpferd aus,
Mit feurigen Augen, schrecklichem Gebiß.
Oh! du bist mir gewiß!
Für solche halbe Höllenbrut
Ist Salomonis Schlüssel gut.

Robert Gernhardt

Schnuffis *apokryphe Antwort* auf Goethe

Mascha Kaléko

Hippopotamus *am Kärntnerring*

Es fuhr ein Hippopotamus
Zu Wien in einem Omnibus.
Da sprach ein Mann zu seiner Frau:
»… A Hippopotamusserl, schau!«

Dylan Thomas

Nilpferd **im Schnee**

Und ich erinnere mich, am Nachmittag des Weihnachtstages, wenn die anderen ums Feuer saßen und einander erzählten, daß dies gar nichts sei, nein, rein gar nichts, verglichen mit den großen, schneeverwehten, bratgans- und truthahnstolzen, julscheitknisternden, tannenreisigen und unter dem Mistelzweig küssenden Weihnachtsfesten, als *sie* noch Kinder waren, daß ich hinausging in Schulmütze und Schal und Handschuhen, mit meinen funkelnagelneuen, knarrenden Stiefeln; in die weiße Welt hinaus, auf den seeseitigen Hügel, um Jim und Dan und Jack zu besuchen und mit ihnen durch die schweigende Schneelandschaft unseres Städtchens zu wandern.

Wir gingen stapfenden Schrittes durch die Straßen und hinterließen gewaltige, tiefe Fußstapfen im Schnee, auf den verborgenen Gehsteigen.

»Ich wette, die Leute werden glauben, da sind Nilpferde gegangen.«

»Was würdest du tun, wenn du ein Nilpferd die Krönungsstraße herunterkommen sähst?«

»Ich? Ich würde so machen, bums! Ich würde das Nilpferd übers Geländer schmeißen und den Hügel hinunterrollen. Und dann würde ich es unter dem Ohr kitzeln, bis es mit dem Schweif wedelt.«

»Aber was würdest du tun, wenn du zwei Nilpferde sehen würdest?«

Eisengepanzerte brüllende Nilpferdhengste klapperten, polterten und dröhnten durch den aufspritzenden Schnee auf uns zu, als wir an Mr. Daniels Haus vorbeikamen.

»Werfen wir Mr. Daniel einen Schneeball als Brief in den Briefkasten.«

»Schreiben wir etwas in den Schnee.«

»Schreiben wir: ›Mr. Daniel sieht aus wie ein Spaniel‹ groß über seinen ganzen Rasen.«

»Seht her«, sagte Jack, »ich esse Schneekuchen.«

»Wie schmeckt's denn?«

»Wie Schneekuchen.«

Oder wir gingen die weiße Küste entlang.

»Können die Fische sehen, daß es schneit?«

»Natürlich, die glauben, der Himmel fällt runter.«

Die schweigenden Himmel, die aus einer einzigen Wolke bestanden, trieben hinaus aufs Meer.

»Alle Hunde sind weg.«

Im Sommer jappten am Ufer Hunde von hundert vermengten Rassen und verbellten die zudringlichen Wogenkämme.

»Ich wette, für Bernhardiner wäre dieses Wetter jetzt aber gerade recht.«

Und wir waren schneeblinde Reisende, verloren auf den Beregn des Nordens, und die großen Hunde mit ihren Schwartenhälsen und Kognakflaschen sprangen auf uns zu und scharrten uns aus und bellten laut: »Branntwein! Marke Excelsior!«

Wir gingen heim, durch die verlassenen, armen Gassen, die zum Meer hinunterführten, wo nur wenige Kinder mit bloßen roten Fingern im tiefen, karrengleiszerfurchten Schnee herumscharrten und hinter uns eine Katzenmusik erhoben, mit Stimmen, die verhallten, als wir hügelan stapften und die Schreie der Hafenvögel laut wurden, und die Sirenen der Schiffe draußen in der weißen flokkenwirbelnden Bucht.

Andreas Okopenko

Tierliebhaber **beim Zeitungsstand**

Einen Spiegel
für meinen Igel,
eine Allgemeine
für meine Stachelschweine,
eine Neue
für meine Säue,
für mein Lamm die Madame,
für mein Panzerkrokodil El Achram,
eine Constanze
für meine Wanze,
einen Simpl
für meinen Gimpel,
ein Pardon
für mein Ichneumon.

die Fliegenden Blätter
für meinen Setter,
Schöner Wohnen
für meine Drohnen,
ein Hör zu
für die blinde Kuh,
ein Selbst ist der Mann
für den Pavian,
einen Esquire
für meine drei Reiher,
eine Furche
für meine Lurche,
einen Kurier
für meinen Stier,
für meine Zecke
die Rätselecke,
für mein Frettchen
ein Teenagerblättchen,
für meinen Rehboy
einen Playboy,
(mein Kapaun
braucht nichts zum Beschaun.)

ein Ich und Du
für mein Känguruh,
ein You and I
für mich und den Hai,
eine Freie Erde
für die Hammelherde,
für mein Feh
eine L'Humanité,
eine Welt,
daß mein Mops besser bellt,
ein Für alle
für meine Qualle,
noch ein Für alle
für meine Ralle
und für meine Brautente bitte
das letzte Hochzeitsheft der Brigitte.

drei Comic Strips
für den trauernden Fips,
Burda-Moden
für den Myriopoden,
einen Merian
für den Blauhalsschwan,
eine Praline
für meine Biene,

eine Zeit
wenn mein Esel sehr schreit,
eine Morgenpost
für mein Nashorn bei Morgenfrost,
ein Bild und Funk
für meinen Skunk,
ein Panorama
für mein Lama,

eine Morning Star
für den Jaguar,
in die Time
wischt meine Schnecke gern ihren Schleim,
The Stars and Stripes
für mein Nilpferd in Scheibbs,
einen Il Giorno
für meinen Laubfrosch (er stammt aus Livorno),
eine L'Aurore
für die Wespe im Ohr,
eine Paris-Jour
für die Raupenkultur,
Le Populaire
für den Ameisenbär,
ein Nép Szabadság
(da trifft die Tauben der Tauben-Schlag),

für meinen Pfau eine Film und Frau,
für Blindmaus und Blödaug die Photoschau,
für meine Blattlaus das Grüne Blatt,
die D-Mark für meinen Nimmersatt,
für meine Enten
den Konsumenten,
ein Thuner Tagblatt für meinen Thun
und die Bastlerpost, daß meine Affen was tun,
fürs Maultier zwei Quicks,
das Faultier liest nix,

einen Nebelspalter
für den Zitronenfalter,
zwei Zürcher Wochen
für den Zitterrochen,
ein Sie und Er
für den Kragenbär,
Radio Österreich
für den Karpfenteich,
eine AZ
für mein Dackelterzett,

die Elégance für meinen Nerz,
für mein Suppenhuhn den Roman mit Herz,
einen Blick
für meine Dik-Dik,

1000 Witze
für meine Elritze,
ein Neues Journal
für den Zimmerwal
und eine Jasmin
für meinen bisher zu klugen Delphin.

*

Mein Ziesel möchte Kurt Ziesel lesen,
mein Wiesel »Die Hühnerzucht in den Vogesen«,
meine Brillenschlange was Kleingedrucktes,
meine Lachtaube »Anstieg des Nettoproduktes«,
meine Insekten »Von Schwärmern und Sekten«,
meine Termiten den »Heim-Architekten«,
meine Kaninchen »Wie sicher ist Knaus?«,
meine Katze die neueste Mickymaus,
meine Herzmuschel »Lohnen
sich Transplantationen?«
und mein Butt
»Die dänische Fischerflotte kaputt«;
meine Goldfasane
Hitlerromane,
meine Molche
der Weg großer Strolche,

meine Barben
Barbarella in Farben,
meine Edelfalken was über Grafen,
meine Tsetsefliege was Schönes zum Schlafen;

meine Renken möchten etwas zum Denken,
meine Garnelen was zum Erzählen,
meine Nattern etwas zum Schnattern,
meine Muscheln etwas zum Tuscheln,
meine Kröten was zum Erröten,
meine Eulen etwas zum Heulen,
meine Hausen etwas zum Grausen,
meine Huchen etwas zum Fluchen,
meine Robben möchten versnobben,
meine Axolotln möchten vertrotteln;

mein Sterlet möchte ein Starlet sehn,
der Goldhamster, wie die Goldkurse stehn,
mein Tarpan den Tarzan,
mein Mblalólo die Lollo,
meine Tanahörner die Lana Turner,
mein Maki die Laya Raki in Khaki,
mein Ararauna die Dors in der Sauna,
meine Anakonda den Hals der Jane Fonda,
mein Nasenaffe ein Bild von de Gaulle,
meine Kuh den Kampf gegen Alkohol,

meine Trichterspinnen
möchten gern sehn, was die Dichter spinnen,
meine Ratte die stattlichste Modekrawatte,
mein Plattwurm die platteste Langspielplatte,
mein Siamkater die Sirikit
und mein Totengräber die Nitribitt.

Geben Sie mir noch einen Stern drauf,
den bind ich abends meinem Bärn auf,
einen Figaro für mein Mähnenschaf
vor dem Schlaf,
für die Stubenfliege den World Report,
für meinen Boxer einen Sport,
für die Goldfischfamilie Das freie Wort,
für die Schildkröte einen Express,
für den Rammler ein Du, für den Storch ein Es,
für meine Nachtschwalbe ein Vital,
La Croix für meinen Kardinal,

einen Porno-Reißer
für den Warzenbeißer,
einen Twen
für mein siebzigjähriges Ren,
eine Für Sie
(dort lernt meine Wildsau die Koketterie),

das Schweinfurter Tagblatt für meine Eber,
für den Weberknecht The World of Labour,
eine Votre Beauté für meine Stute,
für den Ochsen Das Schönste,
für den Bluthund Das Gute,

einen Stürmer
für meine Würmer,
zwei Wochenausgaben
für meine Raben,
eine Zukunft
für die Gnu-Zunft
und ein Tier
für das Tierische in mir.

Holger Jenrich

Das Nilpferd als *vertrauensbildende* Maßnahme

Wer indes glaubt, das Nilpferd stehe in der Bundesliga der werbetauglichen Viecher allenfalls auf einem Rang im unteren Mittelfeld oder belege gar einen Abstiegsplatz, irrt gewaltig. Ganz im Gegenteil: Die Strategen aus Public-Relations-Agenturen, Werbebüros und Stabsstellen für Öffentlichkeitsarbeit sehen in dem schwergewichtigen Tier offenbar einen höchst profitablen Sympathieträger, dem mehr zuzutrauen ist, als per TV-Spot den Abverkauf eines Spiels zu befördern, in dem sich ein vergnügter Hippopotamus auf eine verrückte Achterbahnfahrt einlässt. Ob Textil- oder Nahrungsmittelindustrie, ob Kraftfahrzeug- oder EDV-Branche – das Nilpferd ist in den Augen derer, die es aus beruflichen Gründen wissen müssen, universell einsetzbar. Und besonders einem Zweig des Wirtschaftslebens – so scheint's – zu einem unverzichtbaren Partner erwachsen: den Banken.

Ob nämlich in Irland oder den USA, ob in der Schweiz oder der Bundesrepublik: Wenn Geldinstitute an die Konten neuer Kunden wollen, setzen sie in ihrer Werbestrategie vermehrt aufs Nilpferd-Konterfei. Weil es ganz offenbar Stärke demonstriert, Größe und vor allem Sicherheit. »Wir geben Ihnen den Schutz, den Sie brauchen« bewarb denn auch die schweizerische Hypo-Landesbank ihre »Safety Plus Vorsorge« mit dem Foto einer Nilpferdmutter, die sich entspannten Gesichtsausdrucks und mit der vollen Wärme ihrer Leibesfülle an ihre zwei zu ihren Füßen liegenden Sprößlinge kuschelt. »Sicher ist sicher« nannte sich eine andere Kampagne dieses Geldinstituts, die ein breit und bräsig daliegendes Nilpferd zeigt und darunter die Vertrauen erweckenden Sätze platziert hat: »Anlagen stabil und sicher wie ein Hippo? Das sind Öffentliche Pfandbriefe der Hypo. Denn eines ist sicher: Mit Öffentlichen Pfandbriefen der Hypo schlafen Sie sicher so ruhig wie ein Hippo.« Auch wenn es der Name der Bank zweifellos nahe legt, auf das Nilpferd als Zugpferd zu setzen und den Kunden als Heimstatt für die heimische Münzreserve Spardickhäuter und keine Sparschweine zu überantworten – die eigentliche Entscheidung für genau dieses statt für ein anderes Tier liegt in der charakterlichen Ausprägung des Hippopotamus begründet: Sie sind stur und durch nichts zu erschüttern.

Ein Nilpferd als vertrauensbildende Maßnahme also: Genau aus diesem Grund haben sich auch zahlreiche andere Banken und Kassen die Dienste des Schwergewichts gesichert. »Vertrauen ist unser größtes Kapital«, betitelte etwa die Sparkasse Anfang der Neunziger ein so auffälliges wie erfolgreiches Anzeigenmotiv. Es zeigte ein nur mit den Augen, den Nasenlöchern und den Ohren aus dem Wasser ragendes Nilpferd, auf dessen Schädel froh und vergnügt ein kleiner Vogel sitzt. Was Foto und Werbeslogan denn nun mit Geldgeschäften zu tun haben, verriet der Text ein paar Zentimeter weiter unten: »Obwohl wir die größte Finanzgruppe der Bundesrepublik sind, verstehen wir Größe nicht als Selbstzweck. Sondern als solide Basis, unseren Kunden ein starker und verlässlicher Partner zu sein. Die Voraussetzung für eine enge Partnerschaft sind kurze Wege; deshalb gibt es Sparkassen nahezu überall. Mindestens genauso wichtig wie räumliche Nähe ist Offenheit und Verständnis. Also Vertrauen. Danach handeln wir.«

Mit ähnlicher Aussage, allerdings in grammatikalisch korrekterer Version als ihre deutsche Konkurrenz, bemühte sich zeitgleich die Schweizerische Kreditanstalt (SKA) um neue Kunden und neue Mitarbeiter. »Wirkliche Größe kennt keine Kleinen«, hieß ihre Aussage über einem Foto, das ein Nilpferd und einen auf seinem Rücken ausharrenden Vogel als gleichberechtigte Partner einer funktionierenden Paarbeziehung präsentiert. Und darunter stand: »Hierarchie. Ein Fremdwort ist das für uns noch nicht. Aber bei uns arbeiten Menschen mit Menschen zusammen und nicht Titel mit Titeln, was heißt, dass jede und jeder bei uns Verantwortung übernehmen kann. Und das natürlich auch tut. Denn in einem Betrieb, der keine Kleinen kennt, arbeiten nur motivierte und verantwortungsbewusste Mitarbeiterinnen und Mitarbeiter – zum Wohle ihrer Kunden.«

Überhaupt unsere helvetischen Nachbarn. Weil in Schweizer Tresoren unsere Mäuse, Münzen und Moneten ja so sicher aufbewahrt sein sollen wie kaum sonstwo auf der Welt, haben sich neben Hypo Landesbank und SKA auch andere eidgenössische Kreditinstitute das Sicherheit und Solidität signalisierende Nilpferd klammheimlich als Wappentier ausgeguckt. Die Finalba-Bank, Tochtergesellschaft des Schweizerischen Bankvereins, garnierte vor etlichen Jahren ihre Werbebotschaft »Meine Wohnbank« mit dem Foto eines Nilpferdes, das es sich in einem ausladenden, bunt gemusterten Sessel so richtig gemütlich gemacht hat. Die in Zürich beheimatete, zudem jedoch mit Filialen in London, New York, San Francisco, Los Angeles, Palm Beach, Mexiko, Frankfurt, Genf und Hongkong gesegnete Bank Julius Baer ließ in ihrer Anzeige ein erleichtert dreinschauendes Nilpferdpaar auf der im Hintergrund vor Anker liegenden Arche Noah einchecken – und fuhr dazu den anspielungsreichen Text auf: »Some only offer umbrellas. But Bank Julius Baer offers more – especially in these times of uncertainty. Bank Julius Baer – Where client safety comes first.« Und die Schweizer Kantonalbank feierte ihren 100. Geburtstag, indem sie allen Kindern, Jugendlichen, Lehrlingen und Studenten einen kostenlosen Besuch im »Zolli« genannten Basler Zoo spendierte und ihre gute Tat in Anzeigen, auf Postkarten und Postern mit dem überdimensionalen Porträt eines Nilpferdkopfes und den Zeilen kundtat: »Ich nehme meinen Mund nicht zu voll: Der Zolli ist jetzt gratis.«

Mit dem Sympathieträger Nilpferd um junge Kunden, um Schüler und Auszubildende zu buhlen, die möglicherweise zum ersten Mal in ihrem Leben vor der Entscheidung stehen, wo sie denn nun ein Konto eröffnen sollen – auf den Trichter sind Jahre vor den Baslern schon andere Banker gekommen. Der S-Club der Stadtsparkasse Kassel hatte zu diesem Behufe in den Achtzigern bereits den Comic-Hippo »Norbert Nilpferd« auf die nordhessische Jugend losgelassen. Und dabei sicherlich auf Erfahrungen der nordirischen Ulster Bank zurückgegriffen, die mit einer verwandten Figur namens »Henry Howler« an die Pounds und Pennies der protestantischen Kids heranwollte.

Mit gezeichneten Nilpferden, adressiert allerdings an eine bereits erwachsene Klientel, ging vor einigen Jahren auch die Chase Manhattan Bank aus New York in einer ganzen Anzeigenserie auf Kundenfang. Ein erstes Motiv zeigte ein Nilpferd, das in einem Kanu gemütlich vor sich hin paddelte, und kombinierte dieses ungewöhnliche Bild mit der Kernaussage: »When you're a fast-moving world bank like Chase, you have to know all the routes to import-export markets.« Ein zweites Motiv zeigte dasselbe Turnschuhe tragende Tier vor einer riesigen EDV-Apparatur sitzend mit dem Spruch:

»When you're a fast-moving world bank like Chase, you know how to talk to computers.« Und ein drittes Motiv zeigte abermals die bereits bekannte Figur, diesmal auf der obersten Stufe einer Leiter auf Zehenspitzen stehend, mit der folgenden daneben platzierten Aussage: »When you're a fast-moving world bank like Chase, you have the extra reach to handle international finance.«

Auch die deutsche AHB-Bank gedachte, mit einem gezeichneten Hippo Punkte bei möglichen Anlegern machen zu können. Das Resultat allerdings – ein mit weit aufgerissenem Maul dahindümpelndes Nilpferd – war im Gegensatz zur US-Konkurrenz erschreckend bieder, die Aussage »Damit Sie von den Zinsen nicht aufgefressen werden« nicht fürchterlich originell, der Erfolg der Botschaft bescheiden. Da war im neuen Jahrtausend die Kölner Bank doch um Lichtjahre pfiffiger. Bildete sie in einer Aufsehen erregenden Plakatkampagne doch in voller Größe ein Nilpferd ab, das im offenen Maul eine brennende Zigarre hält, und platzierte darunter die unmissverständliche Aufforderung, das Geldinstitut zu wechseln: »Wenn Sie Ihre Bank nicht auf Trab bringen können, wechseln Sie doch einfach das Pferd.«

Bedient sich die Armada der Banken und Sparkassen also des Nilpferds, um ihren Kunden ein Gefühl von Sicherheit, Zuverlässigkeit und Gelassenheit zu vermitteln, so zeigt sich die Autoindustrie aus anderen Gründen an den markanten Tieren interessiert. Wer mit fahrbaren Untersätzen handelt, dem kommt es in erster Linie auf (Nil-)Pferdestärken und Geräumigkeit an – beides bietet ein ausgewachsener Hippo in ausreichendem Maße. Also versuchte der Schwerfahrzeug-Ausbilder Weber aus dem schwäbischen Schorndorf mit der imposanten Hinteransicht eines Nilpferds, seine nur mäßig nachgefragten Kurse »Berufskraftfahrer mit GGVS«, »Klasse-2-Führerschein-Intensivkurs« und »Kraftverkehrsmeister« voll zu bekommen. Also versuchte die Stadt Aschaffenburg ihr Park-&-Ride-Angebot dadurch aufzuwerten, dass sie das Nilpferd-Maskottchen »Pendelinus« erfand und alle Pendelbusse mit einem überdimensionalen Konterfei desselben schmückte. Also versuchte die Taxi-Vereinigung Mannheim potenzielle Droschkenkunden von den Vorteilen ihres Angebots zu überzeugen, indem sie einen freundlichen Hippo mit Hut auf dem Kopf und Blume im Maul als Firmenlogo wählte. Also versuchte das Unternehmen Uni-Cardan Service GmbH aus Düsseldorf, ihr ungemein spannend klingendes »breites Programm an Ersatzteilen in Erstausrüstungs-Qualität für den Antrieb, die Bremsen und die Elektrik von Kraftfahrzeugen« mithilfe eines freundlich lächelnden Cartoon-Nilpferds einer ahnungslosen, aber interessierten Öffentlichkeit schmackhaft zu machen.

Doch nicht nur Fahrlehrer und Ersatzteillieferanten, Verkehrsplaner und Taxifahrer machen sich das Nilpferd für Werbezwecke zu Eigen. Auch die Autoindustrie hierzulande ist inzwischen auf den Geschmack gekommen. Nach anfänglichen Schwierigkeiten, zugegeben. Jahrzehntelang nämlich setzten die Produzenten vierrädriger Blechkarossen eher aufs Kleinvieh denn auf große Tiere. Durch die Bank benannten sie ihre Erfolgsmodelle nach putzigen Insekten (Volkswagen: »Käfer«), lustigen Schwimmvögeln (Citroën: »Ente«), drolligen Chinabären (Fiat: »Panda«) oder mysteriösen Riesenflundern (Opel: »Manta«) – Originalität war ihnen alles. Doch als die deutschen Kleinfamilien mit zunehmendem Wohlstand meinten, den sommerlichen Gardasee-Urlaub und auch den samstäglichen Wochenend-Kaufrausch im »SB-Center« oder dem »Lebensmittel-Paradies« fortan nicht mehr mit einem normalen Kleinwagen bewältigen zu können, sondern dazu eines Gefährtes lastwagenähnlichen Zuschnitts zu bedürfen, dachten die hohen Herren in Stuttgart und Köln, München und Wolfsburg um. Sie machten die Autos größer und teurer. Benannten sie nach berühmten Winden (»Passat«, »Scirocco«) und bekannten Rockgruppen (»Rolling Stones«, »Santana«). Und machten gern mit der imposanten Erscheinung eines geöffneten Nilpferdmauls Appetit auf den neuen Luxus.

»Manche haben nur die große Schnauze. Wir haben tolle Angebote«, warb etwa Ford mit besagtem Bild für den eigenen Fuhrpark und günstige Finanzierungsangebote der unternehmenseigenen Bank. »Mögen Sie die Berliner Schnauze?« hieß es in ähnlicher Weise in einer Anzeige von Autoforum in Berlin (AFiB), der nach Eigenaussage »ersten Adresse für Ford und Jaguar« in der Bundeshauptstadt. Unerreicht bleibt bis heute jedoch die Umsetzung genau dieses stereotypen Motivs durch die Wolfsburger VW-Werber. Die wollten »den größten Polo, den es je gab«, an den Mann bringen. Andeuten, dass er »in puncto Sicherheit höchsten Ansprüchen gerecht« werde. Und klar machen, dass »die große Klappe serienmäßig« sei. Also fotografierten sie aus nächster Nähe, im Studio perfekt ausgeleuchtet und perfekt positioniert, in einen weit geöffneten Nilpferdschlund hinein. Man sieht alles bis ins kleinste Detail: Poren, Haare, Gaumen, Zähne, Zäpfchen, Zunge. Darunter stehen – jeder weitere Kommentar wäre aber auch überflüssig gewesen – nur vier simple, aber nichtsdestotrotz beredte Worte: »Der neue Polo Variant.«

Der Anblick eines Maules mit solch ausgeprägtem Fassungsvermögen hat natürlich auch die PR-Strategen der Nahrungs- und Genussmittelindustrie nicht unbeeindruckt gelassen. Passt in einen durchschnittlichen Nilpferdhals doch in Hektolitermengen hinein, was die Menschen sich ansonsten in kleineren Einheiten an festen wie flüssigen Stoffen einzuverleiben pflegen. Folgerichtig schmückte die schweizerische Firma Aproz ihr »Himbo« getauftes Tafelwasser mit Himbeeraromen mit dem Konterfei eines strohhalmkauenden Hippos. Folgerichtig bewarb die bereits Mitte der sechziger Jahre in Richtung Bier-Himmel entschlafene Ludwigshafener Aktienbrauerei Bürgerbräu ihr gleichnamiges Hopfen-&-Malz-Getränk mit einem offensichtlich nach Alkohol dürstenden Nilpferd und der Kernaussage: »Bürgerbräu schmeckt immer.« Folgerichtig ließ das in Hamburg ansässige Deutsche Teebüro Anfang der Neunziger per Anzeige ein

Comic-Nilpferd ein schmuckes Getränkebehältnis auf der Nase balancieren – nur der dazugehörige Spruch »Lieber Tee in der Kanne als ein Nilpferd in der Wanne« war so wenig lustig wie nilpferdfreundlich.

Verdientermaßen größere Aufmerksamkeit erzielten da schon ein paar andere Werbemaßnahmen. Das Jugendamt der Stadt Köln etwa sorgte sich bereits Mitte der Achtziger um den zunehmenden Bier- und Schnapskonsum der rheinischen Teenager und wandte sich deshalb an die Gastronome der Domstadt mit der Bitte, fortan mindestens ein alkoholfreies Getränk preiswerter anzubieten als das billigste alkoholische – zum Wappentier der »Alkoholfrei-und-erschwinglich-Kampagne« erkoren sie ein Softdrinks schlürfendes Nilpferd, das im Rahmen eines Namenswettbewerbs feierlich »Sprudolin« getauft wurde. Das Milchprodukte-Schwergewicht Chambourcy brachte wenig später im englischsprachigen Verbreitungsgebiet ein Viererset schnöden Erdbeerjogurts mit dem Titel »Hippo Pota Mousse« unter die Leute – in rosa Glitzerbikinis gezwängte Nilpferdmiezen und ein mit Frack und Zylinder als Zirkusdirektor verkleideter Hippo-Herr deuteten auf der Verpackung den vermeintlich zauberhaften Geschmack des neuen

Produktes an. Ebenfalls an das junge Publikum wandte sich vor Jahren der Schokolinsen-Marktführer Smarties, indem er ein Nilpferd in den Mittelpunkt eines kinderleichten Ratespiels und das Ganze unter das gereimte Motto stellte: »Smarties sind für mich ein Schmaus!/Kriegst Du meinen Namen raus?«

Regelrecht spektakulär war dagegen zum Ende der Achtziger eine breit angelegte Werbeschlacht der Zigarettenmarke HB. Die als eher bieder geltende Glimmstängelsorte war gegenüber den auf cool (West), Cowboy (Marlboro) oder Kapitän (Peter Stuyvesant) machenden Konkurrenten schwer ins Hintertreffen geraten. Um verlorene Marktanteile zurückzuerobern, hatte die beauftragte PR-Agentur auf den Faktor »Toleranz« gesetzt und für den taumelnden Tabakriesen eine Weltoffenheit wie Risikobereitschaft suggerierende Kampagne ausgeheckt. Monatelang ließen sich auf Plakatwänden und in Vierfarb-Illustrierten vermeintlich gut gelaunte Raucher gemeinsam mit irgendwelchen originell erscheinenden Gestalten unter beständig wechselnden »Offen für …«-Sprüchlein ablichten. Optischer Höhepunkt der Serie war dann das Motiv »Offen für dicke Freundschaften«: Ein wetgegelter Schönling, in all seiner Blondheit und Sonnenstudiobräune wie vom Laufsteg eines Dieter-Bohlen-Lookalike-Wettbewerbs heruntergecastet, hat grinsend eine Zichte zwischen den makellosen Zähnen. Und als ob ihm das edle weiße Jackett und die blöde Yuppiefrisur und das leckere Nikotinprodukt im Mundwinkel noch nicht genug des Glückes wären, hat er auch noch ein riesenhaftes Nilpferd an seiner Seite. Da konnten dreitagebärtige Kerle noch so meilenweit für ein Konkurrenzprodukt durch den Dschungel laufen – gegen solch massive Argumente kamen selbst sie nicht an.

Mit der Bankbranche, der Autoindustrie und dem Lebensmittelgewerbe ist die Schlange jener Kunden, die mittels eines Nilpferds ans Portemonnaie der Kunden wollen, allerdings noch lange nicht zu Ende. Wirft man nämlich einen Blick auf die Produkte, die sich dank werblicher Hilfestellung eines Hippos besser als nur gut verkaufen sollen, dann sei die bescheidene Frage erlaubt, warum eigentlich ein Kornwestheimer Schuhkonstrukteur seine Treter nach einem Salamander, ein Snackfabrikant seinen Schokoriegel nach einem Löwen und ein Putzmittel-Alternativling seine Hygienekollektion nach einem Frosch benannt haben – wo sich doch offensichtlich die gesamte Wirtschaft dieses Landes auf das Nilpferd als allein selig machende Allzweckwaffe verständigt hat?!

Dass man einen Hippopotamus mit ausgiebigen Badefreuden in Verbindung bringt, mag ja noch angehen. Also packten das Sport- und Freizeitbad Hildorado im rheinischen Hilden, das unter dem Motto »Mehr als Meer« firmierende Spaßbad Aqualand in Köln, das Kur- und Familienbad Tabbs im thüringischen Tabarz sowie der Wasserpark Water World im spanischen Lloret de Mar jeweils ein planschendes, prustendes oder Purzelbaum schlagendes Nilpferd in ihr Signet. Also verzierten die Deutsche Lebens-Rettungs-Gesellschaft (DLRG) und die Krankenkasse Barmer ihre Baderegeln mit einem Badekappe und Ganzkörper-Badedress tragenden Hippo-Mann. Also fotografierte Branchenkrösus Kaldewei aus Obersicht ein sich in einer Emaillewanne suhlendes Nilpferd, um überdeutlich zu machen, dass die Werbebotschaft »Das ganze Programm fürs Baden und Duschen« durchaus wörtlich zu nehmen ist.

Dass man ein Nilpferd ob seiner ausgeprägten Kauwerkzeuge mit Zahnpflege in Verbindung bringt, mag ja auch noch in Ordnung sein. Also bewarb die Arzneischmiede Dr. Hetterich aus Fürth ihre medizinische Zahncreme »Salviagalen F« mit einem vermeintlich »Aaaa!« sagenden Dickhäuter und forderte die Firma Hager Dental aus Gütersloh ihre Kunden mittels eines nilpferdigen Grinsegesichts zum Zähneputzen auf. Und auch, dass ein Nilpferd aufgrund seines unbestreitbaren Fassungsvermögens der Abfallwirtschaft als Hoffnungsträger dient, ist durchaus verständlich und hat uns immerhin den hübschen Hippo-Müllschlucker des Berliner Container-Sofort-Services Lex beschert.

Aber was, wertes StarSat Radio und werter Norddeutscher Rundfunk, hat ein Nilpferd mit Radiohören zu tun? Was, liebe Firma Wecovi im niederrheinischen Emmerich, hat ein Nilpferd mit Reinigungstüchern am Hut? Was, verehrter Verlag Rudolf Röser in Karlsruhe, hat ein Nilpferd mit dem örtlichen Telefonbuch zu schaffen?

Wieso, Arzneimittelfirma Thiemann, wird ausgerechnet ein Nilpferd mit dem Anti-Flatulenz-Präparat »Cotazym« in Verbindung gebracht? Weshalb, Bekleidungsfirma Betex, muss ausgerechnet ein Nilpferd für Ihre Herrenhemden Männchen machen? Warum, Stage school of music, dance and drama in Hamburg, soll ausgerechnet ein Nilpferd für den nötigen Hupfdohlen-Nachwuchs sorgen?

Ob Teppichboden oder Spielautomaten, Malstifte

oder Fitness-Center, medizinische Therapie oder Second-Hand-Schallplatten – für alle möglichen und unmöglichen, für alle nützlichen und nutzlosen, für alle schönen und hässlichen Dinge muss in diesen geistfernen Zeiten das Nilpferd seinen markanten Werbekopf hinhalten. Und wird da, wo es selbst bei großzügigem Um-die-Ecke-Denken nun wirklich nicht hingehört, prompt inflationär eingesetzt – in der schönen neuen EDV-Welt etwa. Die Phoenix Computer GmbH aus Windhagen, die Consumer Electronic GmbH aus München oder die »Hipponet GmbH« aus Leichlingen sind in ihrem Bestreben, das Nilpferd computerkompatibel zu machen, nur die Spitze des Eisberges.

Ob die simple Rechnung – Produkt + Nilpferd = Erfolg – bei allen Unternehmen aufgegangen ist, entzieht sich meiner Kenntnis, darf in so manchem Fall allerdings bezweifelt werden. Eine Firma jedoch hat mit dem Nilpferd ganz ohne Zweifel aufs genau richtige Pferd gesetzt: Der Süßwarengigant Ferrero hat dank hübsch bemalter Hartgummi-Hippos allein in Deutschland Abermillionen Schokoladeneier verkauft und damit Abermillionen verdient …

Sehr große Tiere

Johannes Kuhnen

Ich bin ein *kleines Nilpferd*

Ich bin ein kleines Nilpferd
und wiege hundert Pfund.
Mein Speck, der ist mir viel wert,
er macht mich glatt und rund.

Ich bin ein kleines Nilpferd
und hab ein großes Maul.
Aufs Fressen leg ich viel Wert,
doch sonst bin ich sehr faul.

Ich bin ein kleines Nilpferd,
geboren hier im Zoo.
Man sagt, ich sei sehr viel wert,
ich mach die Menschen froh.

Ich bin ein kleines Nilpferd
und sah noch nie den Nil.
Wenn einer mal zum Nil fährt,
der Nil ist auch mein Ziel.

Joachim Ringelnatz

Die *Feder*

Ein Federchen flog über Land;
Ein Nilpferd schlummerte im Sand.

Die Feder sprach: »Ich will es wecken!«
Sie liebte, andere zu necken.

Aufs Nilpferd setzte sich die Feder
Und streichelte sein dickes Leder.

Das Nilpferd öffnete den Rachen
Und mußte ungeheuer lachen.

Erwin Moser

Die Gelse ist ein frecher Wicht,
weil sie das arme Nilpferd sticht.

Wilma Overbeck / Norbert Böll

Nilpferd*lied*

Ein Nilpferd lag ganz faul am Nil
und lutschte sich sein Eis am Stiel.
Da kam das Bienchen Theodor
und setzte sich dem Pferd aufs Ohr.
Es sprach ganz höflich: »Mir ist's heiß,
gib mir ein bißchen von dem Eis.« –
»Du hast 'nen viel zu kleinen Magen,
der kann das Eis noch nicht vertragen!«
Kleiner Magen – nicht vertragen.

Refrain: Hau ab, du kleiner Sumsemann, du gehst
mir auf den Geist,
mit Sumsemännern spiel ich nicht, damit du's
endlich weißt!

Ein Nilpferd tanzte gern am Nil
mit seinem Freund, dem Krokodil.
Schon wieder kam der Theodor
und setzte sich dem Pferd aufs Ohr.
»Ach, bitte tanz doch mal mit mir,
den Bienentanz, den zeig' ich dir!« –
»Du hast doch viel zu kleine Beine,
hau ab, verschwinde, tanz alleine!«
Kleiner Magen – nicht vertragen.
Kleine Beine – tanz alleine.

Refrain: Hau ab …

Ein Nilpferd guckte fern am Nil,
es guckte Fußballänderspiel.
Das kleine Bienchen Theodor
setzt' sich dem Pferd noch 'mal aufs Ohr.
»Ich bin ein großer Fußballfan,
darf ich mit dir das Spiel ansehn?«
»Du hast doch viel zu kleine Augen,
die für das Fernsehn noch nicht taugen!«
Kleiner Magen – nicht vertragen.
Kleine Beine – tanz alleine.
Kleine Augen – noch nicht taugen.

Refrain: Hau ab …

Ein Nilpferd lag am Nil im Sand
und hielt die Zeitung in der Hand.
Da kam das Bienchen Theodor
und setzt' sich wieder in sein Ohr.
»Was liest du da, du dickes Pferd,
darf ich mal sehn, wenn's dich nicht stört?«
»Du bist zu klein, vom Weltgeschehen
kann doch 'ne Biene nichts verstehen.«
Kleiner Magen – nicht vertragen.
Kleine Beine – tanz alleine.
Kleine Augen – noch nicht taugen.
Vom Weltgeschehen – nichts verstehen.

Refrain: Hau ab …

Ein Nilpferd lag ganz faul am Nil
und hielt von sich besonders viel.
»Daß ich so groß bin, das ist gut.«
Da packte Theodor die Wut:
»Den spitzen Stachel zeig' ich dir,
du aufgeblasenes Trampeltier!
Ich pfeif auf deine Starallüren,
jetzt sollst du meinen Stachel spüren.
Kleiner Magen – nicht vertragen.
Kleine Beine – tanz alleine.
Kleine Augen – noch nicht taugen.

Vom Weltgeschehen – nichts verstehen.
Starallüren – Stachel spüren.

Refrain: Hau ab, du dickes Trampeltier,
du gehst mir auf den Geist,
mit Trampeltieren spiel ich nicht,
damit du's endlich weißt,
damit du's endlich weißt.

Karl May

Kampf **der Giganten,** *recht martialisch*

Jetzt hatte auch der »Herumtreiber« das Gebüsch erreicht. Er brach in dasselbe ein, als ob er nur Gras unter den Füßen habe. Dabei bog er Stämme von der Stärke eines Mannesschenkels auseinander oder brach sie ab. Der »Vater der elf Haare« hörte das gewaltige Knacken und Prasseln hinter sich.

Er glaubte, der Elefant sei ihm ganz nahe, wagte sich nicht umzusehen und rannte nur immer gerade aus. Da blieb er mit dem Fuße an einem Schlinggewächse hängen und stürzte nieder. Der »Vater des Gelächters« flog an ihm vorüber. Er raffte sich schnell wieder auf und schoß vorwärts – fast in das tiefe Wasser des Maijeh hinein, an dessen Ufer er sich befand. Neben sich sah er den gewaltigen Stamm eines Baumes. Emporblickend, bemerkte er die Füße seines Freundes. Er that einen Sprung nach oben, erfaßte den Ast und schwang sich hinauf.

Von da zum nächsten Aste war es nicht weit; er erreichte auch diesen und wollte noch weiter empor, denn er befand sich nur so hoch, daß der Elefant ihn sehr leicht erreichen konnte, mußte aber darauf verzichten. Der Baum hatte nämlich durch Blitzschlag seine Krone verloren; es gab nur drei Äste und der dritte war abgebrochen und bestand nur aus einem Stumpfe, auf welchem nur eine Person Platz finden konnte. Da saß der Hadschi und zog ein Gesicht, als ob er sich im siebenten Himmel Mohammeds, nicht aber in Lebensgefahr befinde.

»O Allah, was soll ich thun?« rief der Kleine. »Konntest du nicht einen andern Baum wählen? Alle übrigen sind höher und haben mehr Äste. Das Tier wird mich hier abpflücken wie eine reife Traube!«

»Wer hat dir geheißen, mir nachzuklettern?« grinste der andre von oben herab. »Ich bin sicher. Bis herauf zu mir reicht der Rüssel nicht.«

»Aber bis zu mir! O Allah, Allah, was soll ich thun? Er kommt; er ist da, er ist da!«

Seine Angst war groß und auch gar wohlbegründet, denn es krachte und prasselte schon in nächster Nähe.

»Kriech doch auf dem Aste weiter!« riet ihm der Hadschi. »Er ist so dick wie du und reicht über das Ufer hinaus. Da kann das Untier dich nicht erreichen. Mach aber schnell, denn ich sehe ihn schon!«

Er erblickte von seinem höheren Sitze aus den Kopf des Elefanten, der ein ihm im Wege stehendes Bäumchen mit dem Rüssel faßte, samt den Wurzeln aus der Erde zog und dann zur Seite schleuderte.

»Ja, ich krieche, ich krieche«, rief der Kleine entsetzt. »Es ist der einzige Rettungsweg, den es gibt.«

Er turnte sich auf Händen und Füßen und mit außerordentlicher Schnelligkeit auf dem Aste fort, bis dieser sich unter der Last fast bis zum Wasser niederbog. Dort konnte er von dem Elefanten nicht erreicht werden und atmete erleichtert auf, aber nur für einen kurzen Augenblick, denn unter ihm regte sich etwas, und als er niedersah, fiel sein Auge auf ein Nilpferd, welches im Wasser stand, so daß nur die Nüstern, Augen und Ohren aus demselben ragten.

»Allah kerihm«, rief er erschrocken aus; »ana fohk l'ischsch el Husan el bahr – Gott sei mir gnädig; ich hänge über dem Neste eines Nilpferdes!«

In diesem Augenblicke hatte der Elefant den Baum erreicht und wurde durch das Geschrei des

Kleinen auf diesen aufmerksam gemacht. Doch beobachtete er zunächst nicht diesen, sondern den Hadschi, welcher seinem Freunde von oben herab antwortete:

»Halte dich fest, sehr fest, sonst gilt's dein Leben! Wenn dieses Husan dich erwischt, so zermalmt es dich!«

Der Elefant blinzelte den Sprecher mit seinen kleinen Augen an, stieß einen drohenden Trompetenton aus und richtete dann den Rüssel auf, um den Feind zu ergreifen. Glücklicherweise konnte er ihn nicht ganz erreichen, denn der »Vater des Gelächters« saß zwei Ellen zu hoch und zog außerdem die Beine an den Leib, wobei er halb ängstlich und halb schadenfroh ausrief:

»Versuche es nur, du Sohn eines ehrlosen Vaters, du Neffe eines Oheimes, welcher durch dich zum Gelächter geworden ist! Ich spotte deiner Stärke und verachte deine Klugheit. Komm doch herauf, wenn du mich haben willst!«

Der Elefant sah das Nutzlose seiner Bemühung ein und richtete seine Augen auf den »Vater der elf Haare«. Er avancierte bis an das Wasser und streckte den Rüssel aus, um den Genannten zu ergreifen, konnte aber auch diesen nicht erreichen.

Der Kleine bemerkte das mit hoher Befriedigung und schrie ihm spottend zu:

»Hast du Appetit nach mir, du Urahne des Rüssels und der großen Ohren? Klettere doch herauf, damit wir uns liebkosen können! Ich möchte dich gern – –«

Er kam nicht dazu, auszusprechen, was er so gern thun wollte, denn der Elefant hatte einen schnellen und für den Kleinen sehr verhängnisvollen Entschluß gefaßt. Er war zu der Einsicht gekommen, daß er seinen Zweck auf eine andre als die bisherige Weise zu erreichen suchen müsse. Darum schlang er den Rüssel um den Ast und schüttelte denselben mit solcher Kraft, daß der »Vater der elf Haare« sich nicht festzuhalten vermochte und weit hinaus in die Luft und dann in das Wasser geschleudert wurde.

Die Anstrengung des Elefanten war so groß gewesen, daß er das Gleichgewicht verlor. Er rutschte mit den Vorderbeinen von dem schlüpfrigen Ufer ab. Zwar versuchte er, sich mit dem Rüssel an dem Aste festzuhalten, doch vergeblich, denn das Gewicht seines Körpers war zu schwer; der Ast brach ab, und das Tier stürzte in das Wasser, welches hoch aufspritzte und sich dann über ihm schloß.

Aber schon im nächsten Augenblicke tauchte er wieder auf, das heißt, zunächst war nur der kerzengerade emporgestreckte Rüssel zu sehen, welcher im Nu von seinem Schicksal ereilt wurde. Der Elefant war nämlich nicht weit von dem Nilpferde in das Wasser gestürzt; dieses schoß herbei, öffnete den breiten Rachen, klappte ihn um den Rüssel wieder zu und tauchte unter. Einige Sekunden lang schlug das Wasser in hohen, blutigen Wellen und Kämmen auf, dann erschien der Elefant ohne Rüssel, denn dieser war ihm abgebissen worden. Er stieß vor Wut und Schmerz Töne aus, welche jeder Beschreibung spotten, und sah sich nach dem Gegner um. Jetzt erschien derselbe an der Oberfläche, nur wenige Ellen entfernt von ihm; der Elefant holte zum gewaltigen Stoße aus und rannte dem Nilpferde den Zahn, so lang dieser war, in den Leib; dann verschwanden beide abermals.

Im weiteren, doch nur kurzen Verlaufe des Kampfes erschien bald das Hinterteil des Elefanten, bald die eine Seite des Hippopotamus über dem Wasser. Der erstere konnte nicht von dem letzteren loskommen, und das Nilpferd strengte alle seine Kräfte an, den Feind unten zu halten und zu ersticken. Die Wogen stiegen zu kleinen Bergen auf, zwischen denen hohe Fontänen emporgespritzt wurden, so daß man die einzelnen Bewegungen der Tiere nicht zu unterscheiden vermochte.

Während dieses Kampfes der Riesen der Tierwelt hielten sich die andern Bewohner des Maijeh wohlweislich fern, und das war ein Glück für den »Vater der elf Haare«, welcher so weit hinausgeflogen war, daß die Krokodile bei ihm gewesen wären, bevor er das Ufer hätte erreichen können. Er hatte sich schnell an die Oberfläche gearbeitet und gab sich alle Mühe, so rasch wie möglich an das Land zu kommen. Als er es erreichte und triefend aus dem Wasser stieg, wendete er sich um, streckte die Fäuste aus und rief:

»Hamdulillah, ich bin gerettet! Ich sollte gefressen werden; nun aber wird euch der Scheitan verschlingen mitsamt eurer ganzen Nachkommenschaft! Kommt schnell herbei, und seht, wie ich des Elefanten und des Nilpferdes Herr geworden bin!«

Dieser letztere Ruf galt Schwarz und dem »Vater des Storches«, welche soeben von seitwärts herbeikamen.

»Ja, kommt, kommt rasch!« rief auch der Hadschi vom Baume herab. »Wir brauchen sie gar nicht zu töten, denn sie bringen sich gegenseitig selber um. Seht den ›Vater des Rüssels‹! Er bringt das Nilpferd an das Land, kann aber nicht von ihm los und muß elendiglich aus dem Leben scheiden.«

Das Nilpferd war tot; der Elefant hatte mit den Füßen Grund bekommen und schleppte es, indem er rückwärts ging, an seinem Zahne dem Ufer zu. Er konnte sich trotz aller Anstrengung nicht befreien und schrie vor Grimm in einem Atem fort, wobei ihm das Blut armesstark aus der tödlichen Wunde strömte.

»Da ist die G'fahr also für uns vorüber«, meinte Pfotenhauer. »Bringen wir die G'schicht nun vollends zu End'!«

Er legte sein Gewehr auf den Elefanten an und drückte los.

Beim ersten Schuß wankte das Tier; beim zweiten schlug es hinten aus und brach dann nieder, indem es im Wasser verschwand. Dies sehen und vom Baume herabrutschen war für den Hadschi das Werk nur eines Augenblicks.

»Fachrulillah, Ruhm sei Gott!« rief er triumphierend. »Wir haben die Schrecklichen bezwungen und die Entsetzlichen erlegt; sie liegen mit ihrer Schande im Wasser und müssen sich schämen, an ihren ehrlosen Tod zu denken. Sie sind durch meine List gefällt und durch meine Kühnheit überwunden worden. Alle Gefährten werden mich preisen und loben, wenn sie das Fleisch der Riesen verzehren.«

»Schweig!« antwortete der »Vater der elf Haare«. »Was hast du denn eigentlich gethan? Du bist auf den Baum geklettert und hast gewartet, bis die Tiere tot waren; erst dann kamst du wieder herunter. Halte meinen Heldenmut dagegen, so wird dein Ruhmgeschrei augenblicklich verstummen müssen!«

»So?« fragte der Hadschi, indem er vor Ärger ein Gesicht zog, als ob er vor lauter Wonne vergehen wolle. »Zähle doch einmal deine Heldenthaten auf! Auch du bist auf den Baum geflohen, sogar fast bis an die äußerste Spitze des Astes. Dann hat der Elefant dich in das Wasser geschüttelt, und nun stehst du pudelnaß vor mir, daß es mich erbarmen könnte!«

»Sprich nicht solche Albernheiten. Habe ich denn nicht durch meinen Sprung in den Maijeh den Elefanten listigerweise verführt, auch in das Wasser zu gehen, worinnen er den Tod gefunden hat? Bin nicht also ich es, dem der Sieg zugeschrieben werden muß?«

Die beiden wären wahrscheinlich noch heftiger aneinander geraten, doch wurde ihrem Wortwechsel durch ein rundum sich erhebendes Freudengeheul ein Ende gemacht. Die vor dem Elefanten geflüchteten Leute hatten die Schüsse gehört und Mut gefaßt; sie waren vorsichtig herbeigekommen und sahen, daß nichts mehr zu befürchten sei. Nun erhoben sie, von denen das Ufer wimmelte, ein Triumphgeschrei, vor welchem, wenn sie ihre Kehlen vorhin in derselben Weise angestrengt hätten, der Elefant samt sämtlichen in der Umgegend sich aufhaltenden Nilpferden auf und davon gelaufen wäre. Sie tanzten und sprangen vor Entzücken, und es dauerte eine geraume Zeit, ehe es Schwarz und Pfotenhauer gelang, Ruhe und Ordnung in die Gesellschaft zu bringen.

Nun wurden Seile von den Schiffen geholt, mit deren Hilfe man die beiden Tiere, allerdings unter großer Anstrengung, an das Land zog, um sie auszuschlachten und zu zerlegen. Während ein Teil der Leute mit dieser Arbeit beschäftigt war, kehrten die zwei Deutschen mit den andern zum Lagerplatze zurück, weil zu befürchten stand, daß die Elefanten wiederkommen und ihre Weibchen suchen würden. Glücklicherweise erfüllte sich diese Erwartung nicht.

Robert Gerhardt

Schnuffis *apokrypher Kommentar* **zu Karl May**

Das Nilpferd poetisch und skurril

Luciano Erba

Das **Nilpferd**

vielleicht der Tunnel, den das Nilpferd
sich bahnt im Dickicht des Dschungels,
um an den Fluß zu gelangen, zu den gewundenen
Wiesen
mit herzförmig gewachsenen Blättern

vielleicht das Hindurchstampfen zwischen
Bäumen und
Schlingpflanzen, die entwurzelten Hindernisse,
das jähe Hereinbrechen des Blau in das Dunkel
über einem feuchten Orchideengemetzel

vielleicht diese oder irgendeine Spur
wie in Paris die Metrolinie Neuilly–Vincennes
oder die volkstümlichen Blumenteppiche von
Genzano

oder ein Kanal auf dem Mars sind nichts anderes
als Events, ihres Schattens und Widerscheins
beraubt,
ein Zeichen nur, das nichts als sich selber
bezeichnet

Ernst Jünger

Der *Hippopo*tamus

Überlingen

Man hatte mich nach Preston als Gutachter in einem Entmündigungsverfahren bestellt.

Wie ich sogleich erkannte, handelte es sich um einen jener Fälle, in denen die Kunst versagt und bei denen die Diagnose die Prognose gleich einem unwiderruflichen Urteil umschließt – um das Auftreten einer Verwirrung, wie man sie bei Patienten in mittleren Jahren nicht selten beobachtet und wie eine spezifische Sprachstörung sie ankündet. Das ist ein tödliches Vorzeichen.

Es dauerte unter diesen Umständen nicht lange, bis ich meines Amtes gewaltet hatte, und da die Post erst am nächsten Mittag fahren sollte, sah ich mich für einen vollen Tag in die mir unbekannte Stadt gebannt. Dergleichen kommt mir nun immer gelegen, denn nie fühlt sich mein Geist freier bewegt als im Gewirr der Häfen, wo fremdes Volk mich ameisenemsig umkreist. Diese illuminierte Stimmung stellt sich in besonderer Stärke ein, wo mir die Sprache der Bewohner unverständlich ist; so verbrachte ich, als ich mit Wellesley in Indien war, oft Wochen in erleuchteter Anschauung. Dieser Zauber mag darauf beruhen, daß wir dann in höherem Maße auf unsere Augen angewiesen sind und uns so das Leben in seiner Eigenschaft als Schauspiel deutlicher wird. Dann erscheint uns das menschlich-gesellige Treiben wie auf einer Bühne zugleich vereinfacht und vertieft. Seine Bilder sind von glühender Transparenz, und seine alltäglichen Vorgänge gewinnen geistige Kraft, als ob es sich nicht mehr um Erwerb und Verkehr handelte, sondern um magische Verrichtungen. Die Welt wird leichter und durchsichtiger, und zugleich bewegen wir uns kühner und freier, wie unsichtbare Wesen, in ihr. So erschienen mir im Trubel orientalischer Bazare die Menschen und Dinge oft wie von sprühenden Fackeln beleuchtet und von lichtroter Farbe durchglüht.

In solche Rückblicke vertieft, streifte ich ziellos auf den Straßen und Plätzen umher, bis die Nebel aus dem Meer emporstiegen. Wenn wir einmal aus dem Vollen lebten, sind wir gegen Spleen und Langeweile für immer gefeit; die Erinnerung schützt uns wie ein Talisman vor den Angriffen der Zeit. So flossen die Stunden, bis die Kandelaber zu brennen begannen, wie im Traume vorbei, und da ich es liebe, mich solcher Tage durch ein Andenken zu vergewissern, bog ich in die Straße der Antiquare ein. Man findet dort Möbel, Kunstwerke und erlesenes Porzellan, dann aber auch billige Kuriositätengeschäfte, in denen seltsame Dinge verstauben, wie sie Seeleute von ihren Fahrten mitbringen: getrocknete Igelfische, fremde Waffen und das Schiffchen in der Flasche, das in keinem von ihnen fehlt.

Um so mehr erstaunte ich, als ich in einem ihrer schmalen Fenster statt solcher Ladenhüter ein schönes Aquarell entdeckte, das in einem braunen Mahagonirahmen hing und dessen breiter, etwas vergilbter Rand eine Unterschrift trug. Ich entzifferte eine auf gestochenen Wolken schwebende Widmung des Künstlers an Lord Barrymore – wie die Jahreszahl vermuten ließ, handelte es sich um jenen Barrymore, der sich als orgiastischer Genosse des Prinzregenten früh ruiniert hatte. Das Bild stellte einen pommerschen Pachthof dar, eine kleine Wirtschaft, die inmitten reich begrünter Wiesenflächen lag. Das Haus war im Profil gemalt; sein flacher Schilfgiebel senkte sich auf der Wohnseite fast bis auf den Boden hinab, während er auf der anderen gleich der verschlissenen Eingangsdecke eines Zeltes aufgeschlagen war. Auf dieser Seite lag er flüchtig einem mit Heu gefüllten Speicher auf, aus dem ein Flußpferd wie aus einer offenen Raufe fraß. Die Komposition des kleinen Gehöftes mit dem übermäßigen Tier hätte das Auge sicher verblüfft, wenn nicht der Wiesengrund so ausgedehnt gewesen wäre, daß man eine Reihe uralter Eichen, die ihn säumten, in winziger Verkürzung sah. Malerisch gab diese grüne Fläche der schiefergrauen Masse des Tieres ihr Gegengewicht, und auch logisch schien es in der Ordnung, inmitten so üppiger Weiden einen so kräftigen Fresser zu sehen.

Da solche Capriccios mir von jeher besser behagten als die üblichen Rennen und Fuchsjagden, trat ich in den Laden ein. Das Geschäft schien unlängst errichtet zu sein, denn sein Raum war von zahlreichen, noch ungeöffneten Kisten fast ausgefüllt. Auf einer von ihnen, die in Form einer menschlichen Figur gearbeitet war, saß der Antiquar, ein junger und für seinen Beruf seltsam geziert gekleideter Mann. Mein Eintritt unterbrach ihn im Studium eines Kupferstiches, dessen Signatur er durch ein rundes, in Silber gefaßtes Glas betrachtete. Eigentlich war ich kaum überrascht, als ich, nachdem ich das Aquarell erwähnt hatte, von ihm mit meinem Namen begrüßt wurde, der ja in den Königreichen sich eines gewissen Rufes erfreut. Auch daß er mich sogleich in seine Privaträume bat, erschien mir nur als Zeichen üblicher Höflichkeit.

Als ungewöhnlich dagegen empfand ich sogleich den Anblick von zwei livrierten Jägern, die ich, nachdem wir einen roten Vorhang durchschritten hatten, in wartender Haltung vor einem offenen Kaminfeuer sah. Wir waren in eine Art von Vorzimmer eingetreten, in dem neben einer Leiter noch andere Geräte abgestellt waren, wie sie der Tapezierer zum Einrichten von Wohnungen benutzt. Von der Decke hing, wohl für den Kronleuchter, eine rote Kordel herab. Auch schienen die Maurerarbeiten noch nicht abgeschlossen zu sein, denn durch eine halbgeöffnete Kellertüre sah ich Mörtel und Kelle in einem hölzernen Trog.

Es lag indessen weniger am Ungewöhnlichen der Umstände, daß mir das Abenteuer verdächtig erschien, als an einer bestimmten Witterung in solchen Dingen, die selten trügt. Wenn sich der Zugriff auf die Person vorbereitet, spinnt sich ein Fluidum zwischen den Beteiligten aus, das niemand verkennt, der wie ich in den Palästen asiatischer Fürsten zu Gast war oder in zwischen zwei bereitstehenden Heeren aufgeschlagenen Prunkzelten verhandelte. Später, im Anschluß an meine Studien und im Umgang mit den Irren, hatte ich dann zur Ausbildung dieser Gabe vollauf Gelegenheit, denn hier versagt oft auch die schärfste Beobachtung, wenn nicht eine Art von Ahnungsvermögen sie unterstützt.

In solchen Lagen fand ich es immer geraten, die Handlungen leicht aneinander anschließen zu lassen und jedes Zögern, jede Lücke zu vermeiden, in die ein Zwischenfall einspringen könnte, denn oft konnte ich beobachten, daß die freie Unbefangenheit uns dem Niederen gegenüber mit Bannkraft begabt. Ich säumte daher nicht, dem Antiquar zu folgen, der einen zweiten Vorhang und dahinter eine Flügeltüre öffnete, um sich dann mit einer Verbeugung zurückzuziehen.

Der Raum, in den er mich geführt hatte, erwies sich als ein von vielen Kerzen und Spiegeln erhellter und im Geschmack des vorigen Jahrhunderts gehaltener Salon, mit einem sehr schönen Watteau über dem hohen Kamin. In seiner Mitte erblickte ich eine Dame, die mich, fast wie im Puppenspiel, durch ein Zeichen näherzutreten aufforderte. Da die ruhigen Kerzen den Raum fast schattenlos bestrahlten, hatte ich in ihr sogleich die hochgestellte Frau erkannt, die damals schon seit langem vom Gerücht umwoben war und deren Schicksal dann die Welt beschäftigte. Da ich auch die Livree bereits gesehen hatte, hielt ich es für angemessen, mich zu verbeugen, wie es sich in Königsschlössern gebührt. Die Fürstin dankte mir und lud mich ein, ihr gegenüber an einem Tische Platz zu nehmen, dessen Platte ein ovaler, mit bunten Blumen bemalter Spiegel bildete.

Trotz der bedenklichen Umstände meiner Einführung konnte ich, während wir uns eine gute Weile schweigend betrachteten, nicht der physiognomischen Neigung widerstehen, die sich in mir ausgebildet hat, seitdem ich an meinem Werke über die Mimik der geistigen Erkrankung arbeite, und die mir selbst oft lästig wird und auch ein wenig lächerlich erscheint. Diese Neigung, der ich während meiner Gänge in Ostend oft lange Nächte fröne, indem ich Tausende von Gesichtern kaleidoskopisch an mir vorübergleiten lasse, hat mich mit einem fatalen Scharfblick begabt, der mich gewissermaßen bereits die Samenkörner des Absonderlichen erraten läßt. Diese Begabung ist mir um so peinlicher, als ich ganz im Gegensatz zu unserer Zeit im Regelrechten jene Größe sehe, durch die der Mensch dem Göttlichen verbunden bleibt. Leider ergeht es mir als Arzt oft wie in den bengalischen Waldungen, wo ich mit einem Gefühl der Furcht die Lebensbildung im eigenen Übermaß ersticken sah. So will es mir auch scheinen, daß die Fülle der Symptome uns gleich einem undurchdringlichen Dickicht von den Patienten trennt: Wir wissen von der Gesundheit zu wenig und von den Krankheiten zu viel.

In diesem Falle freilich hätte vielleicht auch ein gröberer Blick die beginnende Unordnung erfaßt. Wie die Erfahrung indessen bestätigt, dauert es oft lange, bis das in seinem vollen Umfang wahrgenommen wird. Das ist insbesondere dort der Fall, wo die Ideen in ihrem Zusammenhange logisch, ja oft scharfsinnig sind, obwohl der Wahn sie beherrscht – einem Boote gleich, dessen Kurs mit navigatorischer Sicherheit auf die Brandung gerichtet ist. Wo sich der Patient zudem in hoher Stellung befindet, arbeitet die Kritik meist zögernder, und so hat der Mächtige vor dem kleinen Volk auch das voraus, daß er die Narrheit weiter treiben darf.

Als ein gutes Mittel zur physiognomischen Erfassung sehe ich die Gewohnheit mancher Astrologen an, welche der Ähnlichkeit mit Tieren nachforschen. In dieser Hinsicht fand ich hier das Schlangenähnliche sehr ausgeprägt, und zwar so stark, daß ich bei seinem Anblick dieselbe Art von Neugier empfand wie damals, als ich im Garten meines Lusthauses der großen Naja begegnete, die als die Schlangenkönigin betrachtet wird. Dieser Habitus pflegt sich beim Menschen dort zu bilden, wo sich mit ausgeprägten Jochbögen eine gewisse Schwäche der Maxillarpartie vereint, wie man das gerade in alten Familien nicht selten beobachten wird. Hier trat in fast beängstigender Weise eine wiegende Bewegung des Halses und der starre, doch spähende Blick der großen Augen hinzu.

Nicht minder stark fiel mir an dem Gesicht ein zweites Merkmal auf, das ich in meiner »Physiognomik« als die Versengung anspreche. Diesen Ausdruck finden wir dort, wo das Lebenslicht sich zur Flamme steigert, wie das im Laster oder auch im Unglück, am heftigsten jedoch in der Paarung dieser beiden Zustände empfunden wird. Man kann aus diesem Gesicht auf ganz bestimmte Vorgänge zurückschließen, insbesondere auf eine von wilder Eifersucht oder verschmähter Liebe erfüllte Zeit. Vor allem trifft man es bei Frauen an, auf deren Leben das nahende Alter bereits seine Schatten wirft.

Wenn ich das ein wenig weitschweifig schildere, so möchte ich zu meiner Entschuldigung anführen, daß unser Schweigen eine lange Zeit in Anspruch nahm. Auch treffen diese Bemerkungen recht gut die Stimmung, die mich in solchen Lagen belebt. Meine Gedanken reihen sich dann aneinander wie die Glockenschläge in einem Geläut, und doch ist jeder von einer schwingenden Aura umhüllt. Auch muß ich gestehen, daß mir über der Lektüre dieses Gesichtes das Befremdliche der Lage fast entfiel. Immer galt es mir als Teil der Hohen Jagd, den Menschen ins Auge zu fassen und den Blick zu jenem Ungewissen und Ungestalten hinabzusenken, das sich auf dem Grunde des Kraters bewegt. Aber da ich dies vermochte, hatte ich den Fall erraten, ehe noch ein Wort gefallen war.

Endlich schlug mein Gegenüber ein helles, einstudiertes Gelächter an: »Doktor, Sie müssen zugeben, daß ich die Köder kenne, mit denen man so seltene Fische fängt.«

»Und das mit Vergnügen, Hoheit – nichts hätte mich mit größerer Sicherheit verlockt als dieses Aquarell. Und da dem so ist, darf ich wohl annehmen, daß auch meine Rolle als Gutachter hier in Preston ihre geheime Vorgeschichte besitzt?«

»Wie ich sehe, lobt man Ihren Scharfsinn mit

Recht; man sagt Ihnen ja auch nach, daß Sie ungewöhnliche Lehrmeister gehabt haben. Gerade deshalb führte ich diese Begegnung herbei; ich brauche Ihre ärztliche Hilfe in einer ungemein schwierigen Angelegenheit.«

»Meine Kunst wird Ihnen zu Gebote stehen. Doch wäre es nicht einfacher gewesen, in meinem Hause in Russel Square über mich zu verfügen als auf solche fast magische Art?«

»Auf keinen Fall, denn es wäre aus mehr als einem Grunde höchst bedenklich, wenn man uns zusammen sähe. Und dann handelt es sich um Dinge von solcher Tragweite, daß man sie kaum der Luft anzuvertrauen wagt. Hören Sie zu.«

In diesem Augenblick, in dem sie sich zu meinem Ohr vorbeugte, fühlte ich, daß der Punkt gekommen war, um der Sache die Wendung zu geben, die ich beabsichtigte und die meine Sicherheit erforderte. Ich erlaubte mir daher, die Hand auf den Arm der noch immer schönen Frau zu legen, einen Arm, kaum verhüllt durch den Ärmel aus blaßrotem Seidenflor, der sehr gut harmonierte zu einer erstaunlichen Robe aus perlgrauem Utrechter Sammet.

»Eure Hoheit mögen die Unterbrechung verzeihen, aber die Konsultation begann bereits, als ich das Zimmer betrat. Ich darf wohl annehmen, daß Sie mir jetzt eines jener Geheimnisse zu eröffnen gedenken, wie sie den Großen dieser Erde vorbehalten sind und deren Kenntnis nicht begrenzt genug gehalten werden kann. Einblicke dieser Art sind zum Glück zur Heilung nicht erforderlich. Auch sind die Mittel, die uns zu Gebote stehen, so beschaffen, daß uns der Bericht des Kranken nur als Quelle zweiten Ranges gilt; und es gibt Fälle, in denen wir die Absolution erteilen, ohne daß ihr die Beichte vorangegangen ist. Ich möchte Eure Hoheit daher bitten, sich auf jenen Teil der Dinge zu beschränken, der dem Arzte angemessen ist – das dürfte auch für die Maßnahmen günstiger sein.«

Während ich diese Worte sprach, bemerkte ich, wie das Gesicht der Fürstin sich langsam erheiterte. Übrigens ist das die Wirkung, welche der Arzt zunächst und hauptsächlich hervorrufen muß, wenn er seinen Namen verdient; die erste Heilkraft, die er spendet, muß in seiner Stimme verborgen sein. Heute, wo man sich, wie im Mechanischen, so auch in der Heilkunst, der Behandlung der Teile zuzuwenden beginnt, geraten die Elemente in Vergessenheit, und man darf das Volk nicht tadeln, wenn es auf seine Barbiere und Kräuterhexen schwört.

Was nun den Fall betrifft, so lag es mir gewiß fern, zu glauben, daß sich heute noch die Dinge wie in den dänischen Schlössern abspielen, denn selbst die Zeit der Eisernen Maske ist lang vorbei. Indessen leben wir in einem Zeitalter, in dem man die Scottschen Romane verschlingt und einen seltsamen Sinn für die schauspielerische Wiederholung besitzt. Auch da gibt es Unfälle – es ist, wer heute im Zweikampf fällt, so tot wie je, obwohl die ritterliche Lebensart seit langem entschwand. Vor allem aber war hier das, dessen Kenntnis oder vielmehr dessen Aussprache ich vermeiden wollte, zugleich in die starken, zwingenden Lichter des Wahnes getaucht, und unter solchen Umständen besteht immer Gefahr, besonders wenn der Kranke über Machtmittel verfügt. Als bedrohlich empfand ich schon die fast übernatürliche Art, auf die ich zitiert worden war, und so besaß ich zur Zurückhaltung Gründe genug. In Ländern, in denen es sowohl in den öffentlichen als auch in den privaten Gebäuden zahlreiche Räume gibt, die nur unter Todesgefahr zu betreten sind, gewinnt man eine gute Schule in der Diskretion.

Nachdem meine Patientin mir sehr aufmerksam und, wie gesagt, mit wachsender Heiterkeit gelauscht hatte, sah ich sie eine gute Weile nachdenklich im Raume auf und ab schreiten, wobei die wiegende Bewegung ihres Kopfes sich auf graziöse Weise dem Körper mitteilte. Endlich zog sie an der seidenen Klingelschnur, die neben der Türe hing. Es erschien der junge Antiquar, dem sie mit leiser Stimme einige Aufträge erteilte, ohne daß ich mehr als das italienische Wort »presto« verstand. Gleich darauf hörte ich im Vorzimmer Geräusch. Sodann kehrte sie an den Spiegeltisch zurück und legte nun ihrerseits die Hand auf meinen Arm.

»Unter diesen Umständen, mein Herr, ist der Dienst, den Sie mir erweisen könnten, bedeutender, als ich gedacht habe. Was ich Ihnen jetzt mitzuteilen habe, ist schnell gesagt, obgleich auch dieses Wenige auszusprechen mich peinlich berührt. Da man sich dem Arzte jedoch auch körperlich ohne Hüllen zeigt – – –«

»Sprechen Sie ohne Zurückhaltung, Madame.«

»Nun gut. Nach jenem – – – nach jenem angedeuteten Ereignis entwickelten sich unvorhergesehene Störungen, die mich zunächst nur wenig und dann immer stärker beunruhigten. Seit kurzem habe ich ein Gefühl wie in einem schnell sinkenden Schiff – – – Doktor, ich kenne Augenblicke, in denen alles zu flackern beginnt, und wenn jemand helfen kann, dann sind es Sie.«

»Ich nehme an, daß Sie auch mit dem Nachtschlaf nicht recht zufrieden sind.«

»Sehr unzufrieden sogar, aber halten Sie mich nicht für skrupulös. Schon mit vierzehn genoß ich die Freiheit köstlicher Nachtstunden bei verbotener Lektüre von Lukianischer Art, und selbst Duncans Geist würde mich nicht beunruhigen. Es gibt jedoch Dinge, die bösartiger sind, Vorgänge gleichsam mechanischer Art, wie bei einer Automate, die zu schnurren beginnt.«

»Haben Sie das Gefühl, daß man in Ihrer Umgebung auf diese Krisen bereits aufmerksam geworden ist?«

»Eigentlich kaum, ich konnte auch Migräne vorschützen. Indessen habe ich bei jedem Gespräch, bei jedem Empfang die Vorstellung, mich in mit Pulver gefüllten Räumen zu bewegen, in denen man Funken schlägt, und das um so heftiger, in je erleseneren Kreisen ich mich aufhalte. Das Ganze hat freilich auch den ridikülen Beigeschmack, der unser Leben wie ein schlechtes Gewürz durchdringt, und gerade das erfüllt mich oft mit reißendem Zorn. Als ich zuerst an das – – – Ereignis dachte, war das nicht mehr als eine Erinnerung unter Erinnerungen aller Art, wie ein besonderer Fisch, der hin und wieder an der Oberfläche erscheint. Vielleicht kam es daher, daß ich gerade diese Erinnerung zu unterdrücken suchte, daß ihr Auftauchen mich zu befremden begann. Ich bemerkte, daß sich eine Art von Selbstgesprächen an diese Anstrengung heftete, zunächst vereinzelte Wörter, dann Sätze und zuletzt Ausbrüche von flammender, schreiender Wut. Dabei stellte sich die Sucht ein, schmutzige Ausdrücke zu gebrauchen – schmutziger, als man sie je in den Fischhallen oder in Newgate vor den Hinrichtungen hört. Ja ich habe in mir das Talent entdeckt, Verwünschungen zu bilden, die man auch in den Kloaken nicht kennt, gleichsam, als ob noch unbekannte Quellen des Schmutzes in mir mündeten – – –«

»Sprechen Sie weiter, Madame.«

»Auch will es mir scheinen, daß diese Massen sich in mir anstauen, wie man das vor Mühlwehren beobachtet. Daher nehme ich jede Gelegenheit wahr, mich durch heimlich ausgestoßene Verwünschungen dieser Last zu entledigen, schreibe Derartiges auch in Briefe, die ich dann anzünde. Nach Tagen jedoch, an denen das Zeremoniell mich vom Morgen bis zum Abend unter Augen stellte, fühle ich eine Art von Lava in mir anschwellen. So kam es vor kurzem, in der Nacht zum ersten Mai, zu einem schrecklichen Ausbruch, bei dem ich mir fremdartig war. Ich habe mich um Mitternacht schwebend im großen Spiegel meines Ankleideraumes gesehen, eine Kerze in der Hand, mit Schaum vor dem Munde und furchtbar gesträubtem Haar. Seitdem habe ich auch das Gefühl, eines besonders eindringlichen Blickes teilhaftig geworden zu sein. So empfinde ich in den Gesichtern, in den Stimmen das Niedere, und jedes verbindliche Wort, jede höfische Geste erscheint mir als allzu flüchtig, allzu lässig aufgetragene Lüge, die ein geheimes Einverständnis überdeckt. Dieses Mißverhältnis wird um so deutlicher, je glänzender die Pracht der Roben und Uniformen strahlt. Wenn die Gesandten ihre Fremden von Bedeutung präsentieren oder an der gedeckten Prunktafel überkommt mich die Lust, die Kleider herunterzureißen und einen Toast zu spenden, der die Eingeweide der Erde entblößt. Aber nicht das ist es, Doktor, was mich in Unruhe versetzt, denn schon als Kind fühlte ich, wenn ich ein köstliches Glas in den Händen hielt, das Gelüst, es auf den Estrich zu schleudern, und nie bestieg ich eine Klippe oder einen Turm, ohne daß eine geheime Stimme mich hinabzuspringen aufforderte. Aber jenseits davon ist noch ein anderes, Fremdes, das mit diesem spielt wie die Katze mit der Maus. Nicht das, was ich denke, ist es, was mir

Grauen erregt, sondern ich frage Sie: Was soll ich tun, wenn es wie in jener Nacht wieder über mich kommt?«

Nachdem ich den Bericht, der noch ein wenig umfangreicher war, gehört hatte, fielen wir in unser Schweigen zurück. Ich betrachtete lange die köstlichen Perlen, die auf dem Teppich verstreut lagen, denn die Fürstin hatte, als sie den Anfall erwähnte, nach ihrem Halsband gegriffen, dessen Faden unter ihrer Hand gerissen war. Ehe auf den Malediven oder auf Bahrein ein einziges Stück von solcher Größe erbeutet wird, siechen zwei Perlensklaven an der Auszehrung dahin, und der dritte wird vom Schwertfisch gespießt.

Gewiß war es nicht die an mich gerichtete Frage, die meine Gedanken beschäftigte. Es sind meist recht verschiedene Dinge, die den Patienten und den Arzt beunruhigen – so war Freund Wallmoden, als ich ihm den Abszeß kurierte, vor allem über seinen Teint bekümmert, den er ein wenig safranfarbig fand. Es scheint mir so bezeichnend für den Menschen, was ich oft beobachtete: daß ihm die geistige Bedrohung meist erst dort einleuchtet, wo er sich zugleich im Willen getroffen fühlt. Für den Arzt dagegen macht es kaum einen Unterschied, ob der Kranke den Wahn in sich verbirgt oder ob er sich von außerhalb getrieben glaubt. Das eine wie das andere wird an der Wurzel geheilt. Theoretisch freilich bleibt der seltsame Augenblick, in dem der Wille uns im Stich zu lassen scheint, von hoher Bedeutung, denn auch unsere geistige Kraft besitzt, ganz ähnlich wie der Muskelzug, ihren willkürlichen und ihren unwillkürlichen Trakt, und wer die Regeln kennt, nach denen beide ineinanderspielen wie Mond und Sonnenflut, hat einen Grad der Kunst erreicht, von dem man sich bei uns nichts träumen läßt. Im vertrauten Verkehr mit Männern, die ihrem Atem und ihrem Herzschlage gebieten und deren Haut kein Feuer versehrt, lernte ich mehr als in Hunters anatomischem Theater – und ich lernte dort viel. Hierauf beruhen die Spontanheilungen der Fallsucht und anderer Krankheiten, die meinen Ruf begründeten, dessen einfaches Geheimnis darin besteht, daß ich dem Kranken die Herrschaft über gewisse Teile seines vegetativen Systems in die Hand spiele.

So versteht sich, daß mich Erscheinungen nicht befremden konnten, die ich oft genug unter den Gaukeleien von Derwischen, gelben Bettelmönchen oder scharf duftenden Cappuccini wie Rauch dahinschwinden sah. Solche Kuren schlagen in die Praxis bocksbärtiger Priesterschaften ein, deren

Mysterium seit jeher den Sinn des einfachen Volkes und seiner Frauen erbaut. Aber auch abgesehen davon, daß diese Störung mir nach Art und Herkunft deutlich ist, fehlt es mir in ihrer Behandlung nicht an Erfahrungen – gehört doch gerade sie gewissermaßen dem Bestande unserer nationalen Übel an. So taucht ihr Motiv denn jedesmal bei meinen nächtlichen Gängen in mir auf, wenn ich hinüberwechsele von den westlichen Palästen in jene Viertel, in denen das Elend mit der Gier den finsteren Gegenpol der Macht umkreist. Das ist das Doppelspiel, das auch in unserer Dichtung wiederkehrt, in der der Geist sich wie in einem silbernen und einem schwarzen Spiegel reflektiert. Da ist es weiter nicht verwunderlich, daß wir es dort anklingen hören, wo der Einzelne in Verwirrung gerät; und dem Eingeweihten sind die geheimen, an die Luperkalien des römischen Faunus erinnernden Feste bekannt, in denen Zirkel unserer Gesellschaft ausschweifen. Weit davon entfernt, solche Schauspiele, wie sie in Carlton-House ihr trauriges Vorbild finden, zu billigen, verdanke ich ihnen doch manche Einsicht, da auch hier das Hohe und das Niedere seltsam ineinander einspielen. Oft scheint es mir, als ob sich im Exzeß das Negativum einer Tugend spiegelte – ich meine, jener inneren Distance, die uns zur Herrschaft über Völker legitimiert. Spät, wenn ich von der alten Londonbrücke die dunkle Flut betrachte, darein die hohen Bögen aus grauem Stein gegründet sind, spüre ich, wie ein Hauch von Stolz und Größe mir um die Schläfen streicht. Dann weht mich ein Schauer an, und gern werfe ich eine Kupfermünze in die nächtliche, flimmernde Tiefe hinab.

Doch ich will nicht abschweifen. Oft ragt das Leiden wie ein Stigma in die Körperwelt hinein, und nicht der Arzt ist der Berufene. Indessen erkannte ich die Lage, in der ich mich befand, und ich vermochte, was man von mir erwartete. So erteilte ich denn meine Anweisungen.

»Es ehrt mich, Hoheit, daß ich Ihnen dienen kann. Vor allem rate ich zur raschen Übersiedelung nach Cheltenham; es trifft sich gut, daß dort die Badezeit noch nicht begonnen hat. Dort werden Sie die Tage zubringen, indem Sie sowohl in der Einsamkeit als auch in der Geselligkeit Diät halten. Weisen Sie den Trieb zum Selbstgespräch zurück, jedoch ohne Anstrengung. Wenn der Zwang in Ihnen allzu mächtig wird, so sprechen Sie mit mäßig lauter Stimme den Euphon, den ich hier aufschreibe. Sollten Sie dagegen in Gesellschaft sein, so bitte ich Sie, ihn im Geist zu rezitieren, während Sie Ihr Halsband mit der Hand anrühren. Ersetzen Sie für diese Zeit die Perlen durch die Frucht der Wassernuß. Ich glaube jedoch kaum, daß solche Zustände sich einstellen, wenn Eure Hoheit bei Empfängen den Fondants, die ich verordne, zusprechen. Sie legen der Zunge eine Art von Zügel an; auch lasse ich ihnen eine Droge beimischen, die den Nachtschlaf stärkt. Insbesondere empfehle ich den Gebrauch der Räucherstäbchen, die während der Nacht auf irdenen Tellern zu verbrennen und über Tag verschwenderisch den offenen Feuern zuzusetzen sind. Ich lasse alles Nötige chiffriert in meiner kleinen Offizin bereitstellen, die Mister Morrison in seiner Apotheke unterhält. Auch werde ich ein Punktierbuch beifügen, wie man es in den geistlichen Orden zur Gewissensprüfung führt und wie ich es für Kranke, die von mir entfernt leben, als eine Art von geistigem Spiegel einrichte. Bei Befolgung dieser Ratschläge kann ich versprechen, daß die Beunruhigung im Laufe eines Monats weicht. Endlich würde ich es für günstig halten, wenn Eure Hoheit einen unserer kleinen Landpfarrer als Sekretär heranzögen. Man findet dort vortreffliche Naturen, die es wohl mit den Antiquaren aufnehmen.«

Nachdem ich meine Ordination im einzelnen erläutert hatte, erteilte mir die Fürstin, sich erhebend, die Erlaubnis, mich zurückzuziehen. Fast schien es mir, als ob sie mehr erraten hätte, als ich beabsichtigte, denn sie erstaunte mich, indem sie meinen Gruß durch jene altertümliche und höfische Verneigung erwiderte, bei der ein Knie und eine Hand den Boden streift. Vielleicht war das auch nur dic Geste, die ihr Stolz gebot. Bei diesem Kompliment nahm sie die solitäre Perle des Kolliers vom Boden auf, eine reine Kugel von der Größe einer Marmorkirsche und von herrlichem Farbenspiel. Auf diese Weise wurde mir ein Zierstück übereignet, wie selbst Lord Clive kein schöneres erbeutete.

Als mich der Antiquar hinausgeleitete, bemerkte ich, daß man das Vorzimmer bereits geräumt hatte. Das Feuer war erloschen, die Kellertür geschlossen, es fehlten die Leiter und die Leuchterschnur, und auch die Jäger lehnten nicht mehr am Kamin. Der Raum war leer wie eine Bühne bei abgesagtem Spiel. Es ist nicht die Begegnung mit dem Sonderbaren, was mich bei meiner Arbeit immer wieder überrascht. Weit seltsamer erscheint mir, daß jeder Wahn so viele Helfer findet, wie es ihm beliebt. Da unsere alte Welt trotzdem so unbeirrbar ihren Gang verfolgt, kann ich nicht zweifeln, daß sie nach einem weisen Plan geordnet ist.

Es ist nicht nur die königliche Perle, die mich,

wenn ich sie zur Nacht bei gutem Kerzenlicht betrachte, an die Nebel von Preston gemahnt. Vielleicht sechs Wochen später gab man in meinem Stadthaus eine große flache Kiste ab, in der ich wohlverpackt das Aquarell vom Pommerschen Pachthofe fand. Ich hängte es, nicht gerade über meinem Arbeitsplatz, doch auch nicht allzuweit entfernt von ihm, an einer festen roten Kordel über den Kamin. Zuweilen kann ich beobachten, wie einer meiner Gäste aufmerksam daran studiert und sich endlich, wie vor einer Augentäuschung, abwendet. Zu ihnen gehört auch Freund Wallmoden, der allerdings seit dem Abszeß ein wenig skrupulös geworden ist. Daher pflege ich ihm auch nicht abzustreiten, daß das Bild zu den bizarren Kunstwerken gehört. So darf ich verschweigen, daß die Dissonanzen unserer schönen Welt mich oft verlockten gleich vergitterten Portalen zu den höheren Rängen ihrer Harmonie – und daß ich die Gefahr als Wegzoll billig fand.

Christian Morgenstern

Das *Nilpferd*

Ein Nilpferd las sich jüngst, o weh,
statt mit groß 𝔑 mit groß 𝔑.

Worauf es flugs von den Ästheten
als Wappentier ward auserbeten.

Zerknirscht von ungeheurer Pein,
ging es ob dieser Torhcit cin …

Seit damals wird dem Nilflußpferd
die deutsche Schrift nicht mehr gelehrt.

Und schreibt man klug das Nilflußroß
römisch und »Hippopotamos«.

Wolfdietrich Schnurre

Die Wandlung **des Hippopotamos**

Ein Nilpferd glaubte, das beste, um eine Dotterblume wirklich von Herzen zu lieben, sei: sie sich fuderweis in den Rachen zu schieben. Zärtlich fraß es die Weide so kahl, wie es selbst war, und gedachte darauf der Blumen in satter Beschauung.

Doch kaum war mit seiner Verdauung alles so weit gediehen, daß es mal mußte, verließ seine Seele zugleich auch das Abbild der Blume; nur noch die Kruste blieb übrig im Herzen, mit welcher das Nilpferd jedoch überhaupt nichts anfangen konnte.

Bestürzt überschritt es darauf den Anger; doch die Weide blieb kahl, und mit banger Besorgnis erkannte das Tier: seine Liebe hatte mit Trauer gelohnt, was Innigkeit meinte. Das Nilpferd weinte mehrere Wochen. Dann erhob es sich dumpf. Aber siehe: Unter dem Rumpf blühte – seiner Liebe zum

Ruhme – eine winzige arme Sumpfdotterblume. Jetzt war das Nilpferd klüger geworden: Mit dem Rücken sorgsam nach Norden, nahm es Platz vor der Kleinen. Hier blieb es. Und schaute und schaute. Hunger hatte es keinen mehr nun; was es verdaute, waren lediglich Seufzer. Aber die genügten ihm auch.

Fragte man es, ob ihm was fehle, dann sagte es nur: »Ich hass' meinen Bauch, doch ich lieb' meine Seele.«

Eugen Roth

*Das Nil***pferd**

Das *Nilpferd*, Hippopotamus,
Vom griechischen Worte »Pferd« und »Fluß«,
Gab's einst wohl auch am untern Nil,
Im heiligen Land Ägypten viel;
Seit es gelang den Massenmördern,
Zum Ober-Nilpferd 's zu befördern,
Lebt 's nur am Nil noch, wo er nubisch,
Sein Kopf ist eckig, beinah kubisch,
Die Schnauze ist so aufgeschwollen,
Daß seine Äuglein ganz verquollen.
Es blinzt, als wär's voll tückischer List –
Was es in Wahrheit gar nicht ist.

Schon in der allerältsten Zeitung,
Die in der Welt einst fand Verbreitung,
Der »Hiobspost«, wird es genannt.
Dann blieb es lange unbekannt,
Bis, von des Niles heiligem Strom
Die Kaiser brachten es nach Rom
Und bis Lucullus es entdeckt,
Wie prachtvoll seine Zunge schmeckt.

Bei den Ägyptern hieß es Rer,
Es wird bis fünfzig Zentner schwer.
Die Zähne wuchern immer tiefer,
Es beißt sich selbst in seine Kiefer.
Oft weint's im Mondschein nachts sich satt,
Weil es so scheußlich Zahnweh hat.
Es dürft' ihm nicht zu helfen sein. –
Doch nimmt der Mensch das Elfenbein
Und macht aus diesem, leider, leider,
Die häßlichen Zigarrnabschneider.

Wenn auch das Nilpferd schläft bei Tag
Und nicht gern aus dem Wasser mag,
Wird es als Landplag oft verschrien;
Es soll in fremde Gärten ziehn
Und, daran ist wohl nicht zu rütteln,
Die Äpfel von den Bäumen schütteln.

Im Wasser auch ist's selten brotlos,
Weil es Papyrus frißt und Lotos,
Und zwar so viel, daß es ein Graus –
Papier macht's freilich nicht daraus.
Seit Ururzeiten kennt es schon
Die Schwemm-Kanalisation,
Und es ist von Natur aus reinlich.
Gewiß, es ist ihm selber peinlich,
Wenn es, gewöhnt an einen Fluß,
Im Zoo »herin hinausgehn« muß,
Es sei denn nur ein kleines »Wieserl«;
Der Münchner nennt es meistens »Lieserl«,
Was es, wenn's ein gestandner Mann,
Natürlich schmerzhaft kränken kann.
Es kommt dann durchaus nicht empor
Und horcht nur, mit gespitztem Ohr,
Ob 's Publikum sich nicht verzieht,
Und erst, wenn's nichts mehr hört und sieht,
Dann taucht es auf, fängt an zu gähnen,
Daß ihm vor Langerweil die Tränen,
Die bittern, aus dem Auge rinnen. –
Was sollt es sonst wohl auch beginnen
In seiner Wanne aus Zement?
Wer es aus Afrika nicht kennt,
Wo seine Lust es ist, zu wandern,
Vergnügt von einem Fluß zum andern,

Und umzuwerfen selbst ein Schiff –
Für den ist's halb nur ein Begriff.

Es währte lange, bis eins zahm
Kam in den Zoo von Amsterdam;
Jetzt aber trifft man allerwegen
Das plumpe Tier in den Gehegen
Und freut sich sehr als Mensch und Christ,
Daß man nicht auch so häßlich ist.
Ein Nilpferd selbst ist zum Entzücken,
Trägt es sein Junges auf dem Rücken.
Der grantigste Vater noch wird heiter
Und duldet gern den kleinen Reiter.
Sogar ein Nilpferdkind ist niedlich,
Auch später bleibt es meistens friedlich,
Und all die greulichen Geschichten,
Die Neg- und Jäger uns berichten
Von Äthiopien bis Uganda,
Sind nichts wie wüste Propaganda.
So wollen wir das Nilpferd segnen –
Wenn ich mich auch, ihm zu begegnen
Auf freier Wildbahn, gar nicht sehne –
Vom *Nil*pferd, kurz, *nil* nisi bene …

Paul Scheerbart

Nilpferd-Philosophie

Und abermals sprang das Nilpferdchen auf, trampelte wild im schwarzen Felsensaale herum und hielt dann wieder eine Rede:

»Onkelchen«, sagte es, »über die Vorteile, die die Armut bietet, ist schon so viel gesagt worden, daß es bald wirklich Not tut, die Vorzüge des Reichtums zu verteidigen und ein bißchen in Schutz zu nehmen; die reichen Leute bedauern sich schon ein wenig zu viel; so furchtbar schlimm ist der Reichtum doch auch nicht. Wenn die Verherrlichung der Armut so große Dimensionen annimmt, so brauchen wir uns nicht zu wundern, wenn sich schließlich die bedauernswerten Geldbesitzer zusammentun und sich gegen die protzenhafte, alles unterdrückende Macht der armen Leute empören. Das gäbe dann eine nette Bescherung. Das wäre eine schöne Revolution. Wer die Verhältnisse in Europa so gut kennt wie ich, wird eine solche Revolution gar nicht für unmöglich halten. Das Ridiküle ist tatsächlich das Modernste. Manche Leute, denen das Verschleiern und Umdrehen zur Gewohnheit geworden ist, verdrehen die Dinge so lange – bis sie selber verdreht werden. Die Reichen sind wirklich auf das Glück der Armen viel neidischer als man glaubt – und demnach ist es wohl geboten, den Kurs der sozialen Poesie wieder etwas zu ändern. Doch davon brauchen wir eigentlich nicht so viel zu reden. Wichtiger ist dein Teufel der Lebensmüdigkeit, der Gurgeln abschneidet und sich selber nichts abschneiden läßt.«

Ich wollte wieder was sagen, doch das kleine Tier fuhr eifrig fort:

»Bedenke, daß die einfache tierische Luft bloß ein einfacher Lebensreizer ist, der nur einfachen Lebewesen zum Weiterleben genügenden Anreiz verschafft. Wer nur ein bißchen höher hinaus will, wird durch die einfachen Lebensreizer – wie da sind: Schinken, Champagner, Chansonette, Leberwurst und Paprika – nicht am Leben erhalten. Der höhere wendet sich an Kunstspäße ernster Güte, an Philosophie und überirdische Herrlichkeit. Diese letzteren Dinge ziehen schon mehr an. Indessen – Rückfälle in die gewöhnliche Schinkenluft kommen immer wieder vor. Und wenn diese Rückfälle zu oft vorkommen, so wird der Weg zum Höheren zu mühsam, und das arme Lebewesen steht dann zwischen zwei Bündeln und – verhungert beinahe.

So ungefähr gelangt die Lebensmüdigkeit in unsre Erscheinungswelt; das Eine genügt nicht, und das Andre ist nicht zu erreichen. Ich spreche, wie du merken wirst, ganz wie deinesgleichen, nicht wahr? Na ja! Nun muß man aber doch, wenn man ein bißchen vernünftig ist, zugeben, daß man nicht so ohne weiteres zwei Herren dienen kann. Entweder man steigt, so gut man kann, über die simplen Luftspäße hinweg in die höheren hinein – oder – ja! da liegt der Hase im Pfeffer! Wenn man mal angefangen hat, über das Simple hinüberzusteigen, so wird man im Simplen nie wieder die Befriedigung finden, die Hinz und Kunz darin zu finden vermögen. Ja! Ja! Die Mutter Natur hält es doch für gut, Leute, die was werden könnten, mit einer kleinen Zwangserziehung zu beglücken – und wenn's auch wehtun sollte. Was ist also die große Müdigkeit? Sie entsteht, wenn man Spießerglück will – und doch zu Sternenglück erzogen werden soll. Es gibt auch höhere Wesen, die sich zu Gunsten noch höherer Lebensreizer auch das Sternenglück abgewöhnen müssen – u.s.w. – immer höher – mit Grazie ad infinitum! Rede nicht, Onkelchen. Denke darüber nach.«

Und ich tat's.

Das Nilpferd im Zoo

Eckhard Henscheid

Nilpferd *Platsch*

Meine Lieblingstiere, die Kuh, das Hausschwein und ein spezielles, gelbes, in Amberg logierendes Katzerl von deutlichem Erwähltenzuschnitt – sie haben einen Rivalen erhalten; eine Trostgestalt vom Höchsten: Direttissima ins Herz versenkte sich schon das Foto in der Zeitung, das Platsch, sehr versonnen in die Linse äugend und dabei leicht und fast kapriziös das rechte vordere Beinchen liftend, zusammen mit seiner plump-riesigen und doch gleichfalls zierlichen, ja graziösen Mutter zeigt. Bei der ersten Begegnung im Frankfurter Zoo war Platsch zusammen mit der Mutter am liebselig muntern Dauertauchen; letzte Woche umtappte er die nach Nilpferdart unentwegt Futter ins Maul Schaufelnde und mit Gleichmut Mampfende etwas beklommen, kriegte den Schluckauf und fabrizierte ein sauberes Bäuerchen nach dem anderen; ward es gewißlich deshalb leid und müde, gähnte gelinde, grübelte etwas unschlüssig, legte sich dann kurzentschlossen lang und streckte auf eine wahrhaft herzengend anmutige Manier alle viere von sich, um auf der Stelle einzuschlummern; zehn Minuten später aber sacht sich und das rosigbraun wulstige Lederjäckchen wieder hochzustemmen und gar nicht scheu die Zaungäste zu studieren.

Mit Blicken wie ein Sternenhimmel ruhig steten Sinnens, eines wenn auch leicht verzagten, verdrießlichen und abwesenden. Zurückgelassene aus einer märchenhaften Vorzeit nennt Brehm die Nilpferde. Platschens Augen unterm steif gereckten Öhrchen gehn noch tiefer. Wie der straffe Runzelleib scheinen sie aus einer Region weit vor den Anfängen der Genesis herzurühren, aus dem Grenzflur ja bereits zum Göttlichen. Verdient das gelbe Katzerl mit Fug eher neutestamentarisch den Namen Welterlöser; so schaut wehmütig aus Platsch, dem kindlich greisen, dickhäutisch schwer versunken der alte Sebaoth ihmselber – nur fehlt dem Platschens Niedlichkeit und Spiellust; die Anhänglichkeit auch an der Mutter riesenhafte Wucht.

Ergeuß von neuem du, mein Auge, Freudenthränen! Ich gäb' aber was drum, wenn ich nur wüßt', was Platsch so durch den Kopf brummt. Brummt? Nein, vielmehr: wehhaucht.

Geboren wurde Platsch am 21. 10. 86. Fausto di – un di felice.

Mira Lobe

Nilpferd *trifft* Krokodil

Mittendrin stand wie ein Felsblock der Elefant und sagte jedem, der es hören wollte: »Ich kann es einfach nicht fassen! Dabei hab ich doch einen Rüssel – und trotzdem kann ich es nicht fassen!«

Lionella, die mit Pipo in der Nähe stand und ungeduldig von einer Tatze auf die andere trat, fragte verwundert: »Was kann er nicht fassen?«

»Daß er frei ist«, antwortete der kluge Pipo, und dann kicherte er und sagte: »Schau dir das an, Lio – richtige Krokodilstränen!«

Zwischen dem Nilpferd nämlich und dem Krokodil fand eine rührende Wiedersehensszene statt. Sie waren seinerzeit Nachbarn im Nil gewesen, waren gemeinsam gefangen und verschickt worden und tauschten nun Erinnerungen aus, zum Beispiel, daß es so herrlich dreckigen Schlamm wie den Nilschlamm eben doch nur im Nil und sonst nirgendwo auf der Welt gebe. Das Krokodil, wie gesagt, weinte vor Sehnsucht seine sprichwörtlichen Tränen.

Rudolf Kalmar

Nil*pferdroman*

Beim dreizehnten Kind war es gegen alle abergläubische Regel noch ohne Komplikationen abgegangen. Das vierzehnte brachte der Storch in der Nacht zum 20. März 1947. Man sah es der Rosl kaum an, daß sie schon wieder einmal so weit war. Sie rekelte sich im Bassin, stieß ein paar Schnaufer Luft durch die Nasenwülste und tat nichts weiter dergleichen. Das Kleine kam wie ein geölter Blitz, ohne den beiden Nachtwächtern der Schönbrunner Menagerie viel Scherereien zu machen: 50 Kilo junges Nilpferd. Es schien alles in bester Ordnung zu sein.

Schurl plantschte im Nachbarbassin, grunzte der Rosl etwas Ermutigendes zu und war sichtlich mit sich zufrieden, obwohl dazu im Hinblick auf den männlichen Anteil an dem Ereignis kaum ein nennenswerter Anlaß besteht. Selbst die aufgeregtesten Väter gewöhnen sich allmählich daran, es zu werden, wenn eine gewisse Routine ihnen das Lampenfieber nimmt.

Die Haut eines erwachsenen Nilpferdes ist fünf Zentimeter dick. Trotzdem kann die Haut zahlreicher Zeitgenossen in aller Welt (sehr zum Nachteil für das Gemeinschaftsleben der menschlichen Gesellschaft) mit ihr konkurrieren. Während der letzten paar Jahre war dicke Haut die ganz große Mode. Man trug sie nach dem Prinzip: Kein Schritt ohne Flit! Der Reichstreuhänder für die Porzellanwirtschaft verpflichtete sämtliche Ladeninhaber, sich nach Elefanten umzusehen, um so die einheitliche Ausrichtung des gesamtvölkischen Kurses sicherzustellen.

Sogar die Rosl machte zu ihrer Nachbarin, Frau Krokodil, gelegentlich abfällige Bemerkungen über den Zug der Zeit, wenn sie nach Schluß der Besuchszeit Gelegenheit hatte, mit ihr zu plaudern.

Frau Krokodil knirschte mit dem Gebiß, ließ sich, ein wenig kokett, das Gruseln bis in die Schwanzspitze laufen und war ganz ihrer Meinung: »Wem sagen Sie das!«

Zwei Tage nach der Geburt bekam Rosl ganz plötzlich eine Art Schüttelfrost, tobte gegen das Gitter, daß das trübe Wasser aufschäumte, und rang mit schnaubendem Rachen nach Luft.

Die Nilpferde schwitzen (steht im Konversationslexikon), wenn sie erregt sind, durch die Haargefäße der Haut einen rötlichen Saft aus. Ob er allein es war, der das Wasser allmählich färbte, läßt sich heute schwer sagen. Jedenfalls rief die Menagerie, als Rosl zu bluten schien und Hausmittel nicht mehr helfen wollten, die Tierärztliche Hochschule an. In Anbetracht des außerordentlichen Falles und der ungewöhnlichen Umstände erschienen nach angemessener Zeit zwei Professoren, um am Wasserbett der kranken Rosl – Hippopotami amphibii aegroti – ein Konsilium abzuhalten.

Rosl lag mit angeschwollenem Kopf regungslos auf den Stufen des Bassins. Selbst unter Bedachtnahme auf alle vielfältigen Möglichkeiten einer streng wissenschaftlich fundierten Differentialdiagnose konnte an ihrem Tod kaum mehr ein Zweifel bestehen.

An der Zahl der Menschen gemessen, ist die Zahl der Nilpferde in unseren Zonen verhältnismäßig gering. Wenn die Umstände in gewissen Situationen des Nilpferdlebens trotzdem an die

Umstände in gewissen Situationen des Menschenlebens zu erinnern scheinen, kommt der Gleichschritt des Ereignisses wahrscheinlich kaum von ungefähr.

Es muß, um bei der Rosl und ihrem jähen Ende zu bleiben, doch irgendwie an der Wissenschaft liegen, die sich, wenn es darauf ankommt, letzten Endes nicht zu helfen weiß. Damit kein Zweifel entsteht: natürlich nur bei den Nilpferden.

Nach dem erregenden Ereignis des ersten Kapitels greift der Generationenroman üblicherweise in die Vergangenheit zurück: auf die Ahnen und Urahnen des zeitgenössischen Schicksals im dramatischen Ablauf einer Nilpferdsaga.

Die Nilpferde waren, berichtet uns der Chronist, schon bei den Alten wohlbekannt, wurden in Ägypten gejagt und von den triumphierenden Kaisern durch die Städte des Römischen Reiches geschleift. Die Wochenschau der Menschheitsgeschichte rollte ab, ohne durch neue interessante und überzeugende Einstellungen den Nilpferdhorizont wesentlich zu erweitern. Der Urgroßvater und die Urgroßmutter der Rosl waren dem Fortschritt aus tiefster innerer Überzeugung abgeneigt. Sie bevölkerten (steht im Konversationslexikon) alle größeren Ströme und Seen des inneren Afrika, verließen das Wasser nur ausnahmsweise, um sich auf den Sandbänken zu sonnen, oder des Nachts, um auf den Feldern zu weiden.

Solange die Welt sich noch still in ihren Angeln drehte, fiel es in relativ friedlichen Jahrhunderten keinem vernünftigen Nilpferd ein, den siebzehnten Breitegrad nördlich oder den fünfundzwanzigsten gegen Süden hin zu überschreiten. Man hielt sich an das uralte Nilpferdbrauchtum, lebte so gesellig wie möglich, war am Tage träg, in der Nacht aber munter und griff auf der Suche nach ergiebigeren Weideplätzen alle sich bewegenden Gestalten, auch Rinder und Schafe, selbst Schiffe an.

Die kämpferische Gesinnung, sagen die Rassenforscher, bleibt mit der Erbmasse in der Generationenfolge lebendig. Nicht nur bei den Nilpferden. Die Rassenforscher müssen es wissen!

1492 nahm Kolumbus den Indianern die große Chance, vielleicht niemals entdeckt zu werden.

Der Stundenzeiger der Weltgeschichte sprang vom Mittelalter auf die Neuzeit um. Trotzdem dauerte es noch immer fast 400 Jahre, ehe die Nilpferde Deutschland entdeckten. Die ersten kamen 1859 in Hamburg an. 1860 geschah in Amsterdam als europäische Premiere, was sich in der Nacht zum 20. März 1947 bei der Schönbrunner Rosl allein schon zum vierzehntenmal wiederholte.

So wird die Nilpferdsaga zum Symbol der fortschreitenden Zivilisation. Sie fügt mit der Geschichte von der Rosl und ihrem Schurl dem alten Lied nur eine neue Strophe an.

Rosl kam 1921 im Schönbrunner Tiergarten zur Welt, als es auf dem Tivoli oben schon wieder eine Melange, mehr licht, und mürbe Baunzerln gab. Die Tanzkapelle beim Hopfner spielte »Mary Lou, wink noch einmal zum Abschied mir zu …«, schüttelte sich mit der soeben erst entdeckten Josephine im Rhythmus der – ausgerechnet – Bananen und schwärmte mit Manon »von der Nacht, die zum Weib dich gemacht«. Es war (nicht nur in Anbetracht der »Süßen Klingelfee«) eine sozusagen exzessive Zeit.

Fräulein Nilpferd schlampampte, wie sich's gehört, ihre Kuhmilch mit Haferflocken, bekam später immer mehr Karotten dazu, Salatstauden, Krauthäuptel, Steckrüben und Heu, nahm das »Wir gehen auseinander …« eines sinnlichen Walzertextes persönlich und hatte zwei Jahre später ihre fünfzehn Zentner unter Brüdern.

Fünfzehn Zentner sind für ein Nilpferdfräulein ungefähr das, was man bei einem Schreibmaschinenfräulein eine schlanke Tangofigur nennt. Schwache Einsergröße mit ein paar Abnähern im Schluß, damit die Taille besser sitzt. Wenn der weiße Flieder wieder blüht, möchte das dumme kleine Herz gerne von einzeilig auf zweizeilig umschalten und hört die Blattrandklingel zum erstenmal wie Maiglöckchen läuten.

Als die Rosl das erste Herzklopfen hatte, wurde in Budapest der Schurl geboren. Er sah statt der Wiener Kastanien die Akazien blühen, hörte die Zigeuner im Stadtwäldchen ihre Pußtalieder fiedeln und lernte bald, daß das Leben ohne Paprika wenig Reiz hat.

Die Budapester Menagerie tauschte den Schurl gegen eine Giraffe, etliche Schlangen und ein paar seltene Vögel mit Schönbrunn. Dort wuchs er rasch vom Knaben zum Jüngling heran und wurde eines Frühlings so wurlert, wie – jaj mamám! – nur ein echter Ungar es werden kann. Und herrlich, in der Jugend Prangen, wie ein Gebild aus Himmelshöhn, mit züchtigen, verschämten Wangen, sah er die Rosl vor sich stehn.

Da faßt' ein namenloses Sehnen des Schurls Herz

– und er gab ihr, Käfig an Käfig, als gerade niemand im Stall war, durch die Gitterstäbe den ersten Nilpferdkuß.

Sie war zwar um ganze zwei Jahre älter als er, die Rosl, und mit ihren lächerlichen fünfzehn Zentnern recht schwach entwickelt, aber immer noch besser als gar keine Braut.

»Nicht viel dran an dem Madl«, versuchte die alte Frau Krokodil in ihrer Bosheit sie ihm rasch noch mies zu machen, aber es war schon zu spät. Der Schurl hatte Feuer gefangen, sang in jeder Nacht seinen Love Call, daß man es (zur Empörung seiner sonst gar nicht so zimperlichen Bewohner) bis ins Affenhaus hörte, und tröstete sich in den wenigen lichten Momenten der letzten Junggesellenbesinnung über ein unbestreibares Manko mit dem Gedanken, daß die Rosl sich mit den Jahren schon noch auswachsen würde.

Liebe und Moschus, sagt ein persisches Sprichwort, lassen sich nicht verheimlichen. Auch die Wärter merkten langsam, was los war.

Solange sich die Nilpferde ihrer Freiheit erfreuen, heiraten sie zwischen dem siebzehnten Grad nördlicher und dem fünfundzwanzigsten Grad südlicher Breite in Afrika, wie es ihnen gefällt. Für den Bereich der europäischen Tiergärten waren Ehetauglichkeitszeugnisse auch schon früher obligatorisch. Aus rassischen, medizinischen und tieferen Gründen für die Erhaltung der Art. Sie wurden nach einer gründlichen Beschau durch sachverständige Amtswalter vom Herrn Direktor persönlich ausgestellt.

Die Nilpferde wußten genau, warum sie sich schon eine dicke Haut wachsen ließen, während wir noch ganz ahnungslos waren.

Eines Abends ging die Gittertür zwischen den Käfigen hoch. Schurl konnte es gar nicht glauben, kroch aufgeregt aus seinem Bassin und watschelte, so rasch ihn seine kurzen Beine trugen, zur Rosl hinüber.

»Rózsikám«, rief er, »Rózsikám, hogy van? Wie geht es dir?«

Rosl antwortete auf wienerisch: »Ich liebe dich.«

An diesem Abend hätten sie, auch wenn es sonst bei ihnen Brauch gewesen wäre, unter keinen Umständen weitergelesen.

An dem, was geschah, hat sich seit vielen Generationen nichts Wesentliches mehr geändert. Man hält sich auch in unserer sehr fortgeschrittenen Zeit noch gern an die wohldurchdachten, oft erprobten und vielbewährten Regeln. Nicht nur bei den Nilpferden.

Auch beim Schachspiel. Beispielsweise.

Von der mehr als zwanzigjährigen Ehe ist wenig zu berichten. Die Rosl wurde mit zweieinhalbtausend Kilogramm schließlich noch eine ganz stattliche Frau, schenkte dreizehn gesunden Nilpferdkindern das Leben und starb eines Tages, ohne krank gewesen zu sein. Von den Kindern in aller Welt hat sie nichts mehr gehört und nicht einmal erfahren können, wie oft sie schon Großmutter war.

Während der Wasenmeister die Rosl im Bassin zerlegte, wurde der Käfig des Schurl mit Plachen verhängt. Er sollte nicht zuschauen, obwohl er von Natur aus ein Dickhäuter war.

Mit dem Kleinen ging es den Wärtern zuerst wie der hold verwirrten Elsa mit ihrem Lohengrin: sie wußten nicht, wes Geschlechtes er sei.

Als die Professoren es endlich feststellten, wurden die fünfzig Kilogramm Nilpferd auf den Namen Seppl getauft.

Ob der Seppl leben wird, hängt von der Milch ab, die seine Kuh für ihn gibt. Wenn sie nicht ausreichen sollte, wird er zum Normalverbraucher und hat somit nichts mehr zu hoffen.

Für Kleinstkinder wurde kürzlich das ausgezeichnete Essiggemüse aufgerufen. Man müßte die Professoren fragen, ob auch dem Seppl damit gedient wäre.

Bei Nilpferden kann man nicht wissen …

Wolfgang Hermann

Zoo

Das Flußpferd hat ein riesiges Maul, das es in seiner Friedfertigkeit nur zum Gähnen verwendet und manchmal zum Aufnehmen von Gras und Algen. Geraten zwei Flußpferde aneinander, so heißt das nicht etwa, daß sie kämpfen, sie sperren vielmehr beide ihr Maul auf, so weit sie nur können, haken ihre großen Hauer ineinander und entschlummern so, gähnend, nur ihre winzigen Propellerohren und ihre runden Augen über der Wasseroberfläche freigebend.

Walter Benjamin

Nilpferd *in der Pagode*

Wie man aus der Wohnung, wo einer haust, und aus dem Stadtviertel, das er bewohnt, sich ein Bild von seiner Natur und Wesensart macht, hielt ich es mit den Tieren des Zoologischen Gartens. Von den Straußen, welche vor einem Hintergrund von Sphinxen und Pyramiden Spalier bildeten, bis zu dem Nilpferd, das seine Pagode wie ein Zauberpriester bewohnte, der auf dem Wege ist, leibhaftig mit dem Dämon, dem er dient, sich zu verschmelzen, war kaum ein Tier, dessen Behausung ich nicht liebte oder fürchtete. Seltner waren die unter ihnen, die schon durch die Lage des Hauses etwas Besonderes hatten – meist Insassen des Weichbilds: jener Teile, mit denen der Zoologische Garten an die Kaffeeschenken oder das Ausstellungsgelände anstieß. Vor allen andern Bewohnern solcher Gegenden war aber der Fischotter bemerkenswert. Unter den drei Portalen war ihm das an der Lichtensteinbrücke zunächst gelegen. Es war bei weitem das am wenigsten benutzte, führte auch in die abgestorbenste Region des Gartens. Die Allee, die den Besucher da empfing, ähnelte mit den weißen Kugeln ihrer Kandelaber einer verlassenen Promenade von Eilsen oder Bad Pyrmont, und lange ehe diese Orte so verödet lagen, daß sie antiker als Thermen sind, trug dieser Winkel des Zoologischen Gartens die Züge des Kommenden. Es war ein prophetischer Winkel. Denn wie es Pflanzen gibt, von denen man erzählt, daß sie die Kraft besitzen, in die Zukunft sehen zu lassen, so gibt es Orte, die die gleiche Gabe haben. Verlassene sind es meist, auch Wipfel, die gegen Mauern stehn, Sackgassen oder Vorgärten, wo kein Mensch sich jemals aufhält.

Matthias Zschokke

Knautschke, *der Nilpferdbulle*

Knautschke hieß ein riesiger Nilpferdbulle, der als eines der wenigen Tiere die Bombardements des Zoologischen Gartens im Zweiten Weltkrieg überlebt hatte und dafür von den Berlinern heftig ins Herz geschlossen wurde. Als die Mauer errichtet und auf diese Weise verhindert wurde, daß Knautschke weiterhin von West und Ost gleichermaßen besucht und geliebt werden konnte, verblaßte sein Stern ein wenig. Trotzdem standen auch Jahrzehnte später noch regelmäßig alte Frauen vor seinem Becken, plauderten mit ihm, schimpften über dies oder jenes, neckten ihn, klagten ihm leise ihr Leid, und ich stand daneben und hörte zu. Ein tröstlicher Bulle. Vor einigen Jahren ist er gestorben und ausgestopft worden. Seither ist es trostlos im Nilpferdhaus. Ein einziges Wesen, das fehlt, und die ganze Welt ist öd, heißt es. Ja, manchmal gehe ich in den Zoo. Er liegt im Westen der Stadt und ist erwähnenswert schön.

Kurt Schwitters

Die *Zoologische* **Garten-Lotterie**

Schulze bekam einen richtigen Brief mit der Post. »Donnerwetter«, dachte er, »da wird wer gestorben sein, ich weiß nicht, wer mir sonst schreiben sollte.« Aufgeregt riß er den Brief auf, da war es nur eine Anzeige der Zoologischen Garten-Lotterie. »Du solltest dein Glück mal versuchen«, sagte Frau Schulze, »ein Mann muß Unternehmungsgeist haben. Denk mal, wenn wir zum Beispiel eine Gans gewinnen würden, die könnten wir billig schlachten lassen und essen.« – »Aber wenn wir nun einen Elefanten gewinnen oder ein Nilpferd, was wollten wir wohl damit anfangen?«

In dem Augenblick kam Frau Schönwetter von nebenan aufgeregt herein und sagte: »Soeben habe ich einen Brief bekommen, und ich denke, es ist wer verheiratet oder gestorben. Ich reiße den Brief auf, und da steht da: ›Gnädige Frau, versuchen Sie Ihr Glück, hier können Sie einen Elefanten gewinnen.‹ Ich bin ratlos, was soll ich tun?« – »Natürlich ein Los nehmen«, sagte Frau Schulze, »wir nehmen auch ein Los.«

Da kam schon der junge Herr Gleiwitz von unten herauf und sagte atemlos: »Ich habe soeben einen Brief bekommen. Ich denke natürlich, Mutter ist krank, oder jemand hat sich verlobt oder ein Kind bekommen, aber es ist ein Los. Und richtig bedacht, warum soll ich nicht ein Los nehmen? Sehen Sie, ich kann einen Hund gewinnen, und ich wollte mir schon immer einen anschaffen. Ich werde ja wohl nicht gerade eine Riesenschlange bekommen, die mich nachts erwürgt, oder ein Lama, das mich dauernd anspuckt.« – »Wir nehmen auch ein Los, sagte die Schulze, und da sagte ihr Mann: »Jawohl, und wenn wir einen Eisbären gewinnen sollten, wir können ja heizen.«

Die Tage bis zur Ziehung waren aufgeregte Wochen. Schulze hatte sich schon einen Reitanzug bestellt, um auf dem zu gewinnenden Zebra jeden Morgen zur Gesundung in den Tiergarten zu reiten, während Frau Schulze sich Schmalz gekauft hatte, um Gänseschmalz machen zu können. Und wie sie noch so redeten, kam ein eingeschriebener und versiegelter Brief. Schulze wußte es jetzt, daß keiner gestorben oder geboren sein konnte, denn er hatte ja ein Los.

Zitternd vor Aufregung riß er den Brief auf, dann setzte er sich wie gebrochen in seinen Lehnstuhl und sagte nichts. »Was ist dir, Alterchen?« fragte Frau Schulze. – »Wir haben den Hauptgewinn.« – »Ach, du Süßer!« – »Laß das lieber sein«, sagte Herr Schulze, »wir sind ruiniert, denn wir haben den großen Löwen gewonnen, und der frißt uns alle auf.« – »Aber Männchen, wir haben doch immer so viele Küchenabfälle, oder es wird mal etwas Milch sauer, und dann die viele Kartoffelschale, das kriegt alles der Löwe.« – »Aber Liebste, denkst du etwa, daß ein Löwe saure Milch säuft wie eine Ziege? Er ist doch kein Meerschweinchen. Da hast du dich aber geschnitten.« In dem Moment kam Frau Schönwetter herein.

Den Türgriff noch in der Hand haltend, sagte sie: »Ich habe das Nilpferd gewonnen, können Sie mir wohl Ihr Goldfischglas borgen?« – »Um Gottes willen«, sagte Schulze, »da müssen Sie schon Ihre Badewanne opfern, in unser Goldfischglas paßt es nicht rein.« – »Aber machen Sie keine Geschichten, Herr Schulze, es muß rein.« – »Aber wenn's nun doch nicht rein paßt?« – »Es wird schon rein passen.« – »Aber wenn's nun doch nicht rein paßt?« – Da sagte Frau Schulze: »Ach, Quatsch, wir haben nämlich den ersten Preis, wir haben den großen Löwen gewonnen.« – Frau Schönwetter stieß einen Schrei des Entsetzens aus. – »Warum schreien Sie denn so gewöhnlich?« – »Ach, ich dachte nur, wenn der Ihren Mann beißen würde.« – »Achgottenee! so was braucht unser Löwe nicht, den füttern wir standesgemäß. So 'n bißchen Kartoffelschale wird wohl noch übrig sein. Und wenn der das nicht mögen tut, denn muß er eben! Herrgott, an was haben wir uns selber im Kriege nicht alles gewöhnen müssen.«

Da stürzte auch schon Herr Gleiwitz herein: »Sie haben ja die Tür offen stehen.« – »Macht nix, wir haben ja einen Löwen, uns kann keener.« – Herr Gleiwitz sprang mit einem Satz auf die Kommode und fragte verwirrt: »Wo is denn der?« – »Noch isser im Zoo, der kommt morgen.« – »Ach so«, sagte Herr Gleiwitz und sprang wieder herunter, nahm eine königliche Miene an und sagte: »Ich habe zwei Paar Steinböcke gewonnen.« – »Dann nehmen Sie nur Ihre Steinböcke ein wenig in acht, daß unser Löwe die nicht frißt.« – »Wir müssen die Tiere aneinander gewöhnen«, sagte Herr Gleiwitz. »Und ich habe das große Nilpferd«, sagte Frau Schönwetter. – »Wo wollen Sie das man bloß hintun?« – »Ich dachte in Schulzes Fischglas.« – »Das is bisken klein, ich würde Ihnen raten, sperren Sie das Vieh in die Küche, da haben Sie gleich fließendes Wasser, und da kann das Tierchen dann den Kopp unterhalten, das muß fürs erste genügen.«

»Emil, wo lassen wir denn unsern Löwen?« fragte Frau Schulze. – »Am besten in der Kammer auf deinem Bettvorleger.« – »Ich schlage vor«, sagte Herr Gleiwitz, »wir mieten uns gemeinsam einen Möbelwagen und transportieren die Tiere zusammen, denn gewöhnen se sich gleich aneinander.«

Donnerwetter, staunten die Leute, als der Möbelwagen ankam. Frau Schulze hatte ihr Blauseidenes angezogen. Sie war die erste, die unten am Schlag stand. Als der Löwe herauskam, band sie ihm gleich ein hübsches blaues Bändchen mit einer Schleife um den Hals und streichelte ihm zärtlich Kopf und Nacken. Da ging der gerne mit und legte sich oben gleich auf ihren Bettvorleger. »Wenn der nur stubenrein ist«, sagte sie zu Emil, dann ging sie ans Fenster, mal sehen, wenn die anderen ankamen.

Donnerwetter, war das ’ne Jökelei! So elegant wie mit dem Löwen ging das mit dem Nilpferd nicht. Das hatte nämlich absolut keine Manieren. Vier Meter lang, zwei Meter dick, so sieht er aus, mein Vetter Nick. Also man nannte es Nick, weil es so aussah. Wie das schon dumm vom Möbelwagen auf die Straße hinunterpatschte. Und wie es dann die kleine Treppe zur gotischen Haustür hinaufwatschelte, wie unschön! Und da stand er nun, der Herr Hippopotamus aus der vornehmen Familie von Obesa, in dem gotischen Torbogen der Eingangstür fest eingeklemmt. Und die Steinböcke waren auch schon ausgestiegen und tanzten auf der Straße umher, stießen sich gegenseitig und boxten die harmlosen Passanten stoßweise in die Seite. Und draußen stand die Schönwettern und schob so gewöhnlich den Herrn von Obesa am Hinterviertel, während im Treppenhaus verzweifelt Herr Gleiwitz stand, weil er nicht zu seinen Steinböcken kommen konnte. Er rief sie dauernd mit seiner gellenden Pfeife, wodurch wiederum das Nilpferd verbiestert wurde und nach hinten ausschlug. Aber Gott sei Dank hatte es nur alte Hufeisen an seinen Schwimmflossen, die schon etwas ausgewaschen waren. Nun wurde das Tierchen auch zu trocken in dem dauernden Zug in der gotischen Türöffnung, daher begoß man es mit Wassereimern. Endlich sprang Herr Gleiwitz beherzt durch die Lücke zwischen dem Vetter Nick und der gotischen Türspitze auf die Straße und bekam dabei aus Versehen gerade einen Eimer voll Wasser ins Gesicht, der dem Nilpferd gegolten hatte. Aber er tat nicht als ob, sondern Sie hätten den Jubel mal sehen sollen, als der seine vier Steinböckchen in die Arme schloß. Das war ergreifend schön. Sie leckten ihm alle die Hände, und der eine, der überhaupt immer am zutraulichsten war, sprang ihm gleich auf beide Schultern und ließ von oben eine ganze Kette echter Perlen hinunterfallen. Das war ergreifend schön, direkt wie Feuerwerk. Und die Kinder brüllten vor Vergnügen: »Der Herr Gleiwitz als Papa, der gute Onkel Gleiwitz als Papa.«

Und da kam der Hauswirt. Donnerwetter, war das 'ne Quittung! Da stand das Vieh in der Tür, der Vetter Nick nämlich, wo der Hauswirt durch wollte. Und die Frau Schönwetter konnte noch nicht einmal bekannt machen, weil der Herr von Obesa rückwärts stand. Und der Hauswirt wollte partout nicht zugeben, daß das Tierchen mit in die Wohnung genommen würde. Was das immer für Quertreibereien sind! Er sagte, sein Haus wäre ein vornehmes Haus. Donnerwetter, war da die Schulzen stolz, daß sie den eleganten Löwen hatte, das vornehmste aller Tiere. Aber der Wirt konnte sowieso nichts machen, denn bei dem heutigen Mieterschutzgesetz sind einige wenige Haustiere mit vorgesehen. Aber nun haute der mit seinem silbernen Stockknauf so derb auf dem Nilpferd seine Hinterfront, daß das sich ein wenig anstrengte und nun drinne war. Es ging dann ganz manierlich hinauf bis zur dritten Etage und in die Speiseküche, die für ihn eigens ausgeräumt war. Dabei hängte es nebenbei einen Flügel der Windfangtür aus und warf auf dem Vorplatz zwei Schränke und eine Kommode um; aber so was sind meines Erachtens nur Schönheitsfehler. Das Vieh nahm übrigens die ganze Küche ein. Und wie klug so Tiere sein können! Der Hippopotamus hatte doch sofort heraus, wo die Wasserleitung ist, und leckte dauernd hinüber. Tiere sind eben begabt. Und bald war die ganze Küche naß.

Herr Gleiwitz wohnte möbliert. Er hatte nur ein Zimmer, und da waren die schönsten Porzellane drin. Echt imitiert Meißen, echt imitiert Terrakotta, echt imitiert Sevres, echt imitiert Taragon, alles wertvolle Stücke, allerdings nur imitiert, dafür aber echt imitiert. Auf dem Kachelofensims standen zwei Kandelaber, bitte sehr! Überall waren Hündchen und Rehe angebracht, erstere aus Porzellan, hingegen letztere aus schwerer Bronze mit gußeisernem Kern. Feudal, was? Donnerwetter, gefiel das den Steinböcken gut! Sie kletterten im ganzen Zimmer umher und beschnupperten alles vorsichtig. Und wenn sich eins müde geklettert hatte, dann konnte es sich auf Gleiwitzen seinem Bette behaglich ausstrecken.

Frau Schulze kehrte nun wieder zu ihrem Löwen zurück. Donnerwetter, lag der majestätisch auf seinem Bettvorleger. Einen Augenblick getraute sie sich nicht einmal hineinzugehen, aber schließlich ergriff sie sich ein Herz und streichelte dem Löwen zärtlich über die Wangen. Punkt sechs Uhr begann der Löwe fürchterlich zu brüllen. Frau Schulze war sehr erschrocken und gab ihm sofort alle verfügbaren Kartoffelschalen, aber der war stolz und rührte sie nicht an. Auch den kleinen Rest saure Milch ließ der stehen. Der mußte was Besseres gewohnt sein. Da gab Frau Schulze ihrem Hausfrauenherzen einen gewaltigen Ruck und klatschte dem Löwen einen wunderschönen kalten Apfelpfannkuchen direkt ins Maul. Aber der spuckte ihn wieder aus und brüllte bloß. Donnerwetter, Schulzens hatten nie

Kinder gehabt. Und Schulze wollte natürlich wieder recht haben, daß der Löwe Apfelpfannkuchen ein für allemal nicht fräße. Aber was versteht schließlich so ein Mann von der Küche? Den Dreck versteht er! Und Frau Schulze sagte: »Hier bin ich nun streng, wir wollen den Löwen erziehen, der kriegt nichts anderes. Lächerlich einfach, so schön wie hier auf dem Bettvorleger hat der's in seinem ganzen Leben nicht gehabt und kriegt's nie wieder. Undankbares Geschöpf!« Es gab sogar eine eheliche Szene, in deren Verlauf Schulze vom Abendessen aufsprang und sein Beefsteak mit Zwiebelsauce, so warm, wie es war, dem Löwen vorsetzte. Der aber fraß es nicht, sondern weinte bloß von den Zwiebeln, und Frau Schulze sagte: »Du, ich glaube, der ist krank, wir wollen ihm mal etwas Natron einflößen.« Und nun hielt Schulze dem das Maul auf, und Frau Schulze schüttete ihm für fünf Pfennig doppelkohlensaures Natron und für fünf Pfennig Bittersalz in den Rachen. Da hätten Sie das Tier mal husten und niesen hören sollen, aber er fraß die Kartoffelschalen doch noch nicht. So 'n Schlawiener!

Als Schulzes zu Bett gingen, bekam der Löwe eine Häkeldecke über. Schulze schnarchte bald, und endlich schlief auch sie fest ein. Aber aus irgendeinem Grunde wachte sie mitten in der Nacht auf, und da fehlte ihr rechter Arm. Frau Schulze suchte im ganzen Bett danach, aber da lagen bloß ihre Strümpfe. Da weckte sie denn doch ihren Mann. Der gleich hoch und den fehlenden Arm mit gesucht, aber der war nicht zu finden. Der Löwe schlief ganz fest. Da sagte Schulze: »Du, ich glaube, der Löwe muß draufliegen«, und nun stießen sie den Löwen, daß der aufwacht, aber der zwinkert nur mit den Augen und rührt sich nicht. Jetzt tritt Schulze dem Löwen direkt ins Gesicht, und der springt mit Gebrüll hoch und beißt – in Schulzes neuen Pyjama ein Loch. Dann steht er knurrend wie ein Hund. Schulze, nicht faul, reißt seinen Revolver aus der Nachttischschublade und schießt den Löwen einfach übern Haufen.

Der war nun tot, und der fehlende Arm war auf rätselhafte Weise verschwunden. Frau Schulze sah am anderen Morgen noch die ganze Kartoffelschale mit durch, da war er auch nicht bei. Jammer, daß sie nur einen rechten Arm hatte. Vermutlich mußte ihn der verstorbene Löwe doch wohl gefressen haben.

Der Hippopotamus aber lag ganz ruhig in der Küche, als Frau Schönwetter zu Bett ging, und leckte das Wasser. Auf dem Vorplatz vor der Tür lag ein Scheuertuch, aber das genügte nicht, um das hinausströmende Wasser aufzufangen. Jetzt kam von unten der Hauswirt herauf und beklagte sich, daß das Wasser bis unten in den Keller hineinflösse. Frau Schönwetter schlug ihm einfach die Tür vor der Nase zu und rief: »Dann klagen Sie mich doch raus, ich kann doch nicht Ihretwegen das Tierchen dursten lassen. Die nächsten sechs Monate bleibt das Tier in der Küche, dafür lassen Sie man die Gerichte sorgen.« Kaum lag sie wieder im Bett, da kamen die Mieter der unteren Etage herauf, weil's ihnen ins Bett regnete, und verlangten, daß sie wenigstens die Leitung kleiner stellte. Frau Schönwetter lachte hinten im Halse, denn das war doch bloß der gelbe Neid. Die ärgerten sich blaß, daß sie kein Nilpferd gewonnen hatten. So'n bißchen Wasser! Da sollen sich die Leute 'n Regenschirm aufspannen, wenn sie im Bette nicht naßregnen wollen. – »Das kann doch Schwamm geben«, rief der kleine Dicke. – Aber Frau Schönwetter mußte denn doch fürchterlich lachen, im Zoologischen Garten gibt das Nilpferd doch auch keinen Schwamm. So'n liebes Tierchen. Das soll mal wieder so was sein. Bald darauf hörte sie den Schuß von nebenan durch die Wand, ohne sich groß was dabei zu denken. Morgens war ihr erster Weg zur Küche; sie mußte waten, denn die ganze Wohnung stand unter Wasser. Tische und Stühle kamen ihr entgegengeschwommen. Die Schränke waren dick aufgequollen, wie Pappe. Von den Wänden waren die Nägel abgerostet, und alle Bilder nebst Wandschmücken lagen unten im Wasser, das ihr bis ans Knie ging. Sie dachte: »Wenn's nur dem Tierchen gut geht, dann bin ich's ja gern zufrieden!« – Aber dieser Schreck. Denken Sie, wie sie in die Küche kommt, liegt das Tier tot. Es ist ganz dick aufgequollen und muß wohl ertrunken sein. Den Kopf hatte es hoch unter den Gaskandelaber gehängt, aber das Wasser mußte in der Nacht wohl höher gestanden haben, und da war es offenbar zu lange unter Wasser gewesen. Und nun das aufgequollene Tier wieder herauszukriegen! Frau Schönwetter stellte gleich den Wasserhahn ab, denn nun hatte es keinen Zweck mehr, das Wasser laufen zu lassen. Und nun sah man erst, wie die Türen gequollen waren, und als das Wasser abgelaufen war, waren die Fußböden so schlammig und weich wie die Feldwege im Winter. Und dann das Gewicht des Tieres! Ein normales Flußpferd wiegt nach Herders

Konversationslexikon, dritte Auflage, reich illustriert durch Textabbildungen, Tafeln und Karten, dritter Band, Elea bis Gyuilay, Freiburg im Breisgau, Berlin, Karlsruhe, München, Straßburg, Wien und St. Louis, Mo. Seite 675, bis 2500 Kilogramm. Aber Frau Schönwetter war helle. Sie schnitt einfach das Tier von hinten in kleine Scheiben, die sie selbst bequem tragen konnte, und trug es dann scheibenweise mit dem Mülleimer in den Wechselsack. So sparte sie wenigstens den Dienstmann.

Und nun die Steinböcke? Anfangs schliefen sie ganz ruhig auf dem Fußende von Gleiwitzens Bett. Aber mitten in der Nacht mußten doch wohl Meinungsverschiedenheiten entstanden sein, und nun ging's aber los! Sie rasten hintereinander her, und Gleiwitz war aufgewacht und pfiff mit seiner schrillen Pfeife dazwischen. Und die vier Steinböcke rasten an den Wänden hoch und warfen aber auch alles um. Da wußte sich Gleiwitz nicht zu helfen. Er nahm sein Taschenmesser und erstach einen nach dem andern. Und wie nun die vier tot dalagen, schnitt sich Gleiwitz die Pulsadern auf und legte sich daneben; denn er hätte das wertvolle Porzellan nie im Leben wieder bezahlen können.

Warnung:
Schreiber dieses hat so ausführlich geschrieben, um die eminente Gefahr einer Zoologischen Garten-Lotterie deutlich zu demonstrieren. Man sollte die außerordentliche Gefahr nicht verkennen und die zoologischen Gärten so stellen, daß sie ihre Insassen standesgemäß beherbergen können: dem Löwen eine Wüste, dem Nilpferd einen Strom, den Steinböcken ein Hochgebirge. Das ist soziale Tierpflege, und das ist standesgemäß für die Tiere.

Fazit

Hans Traxler

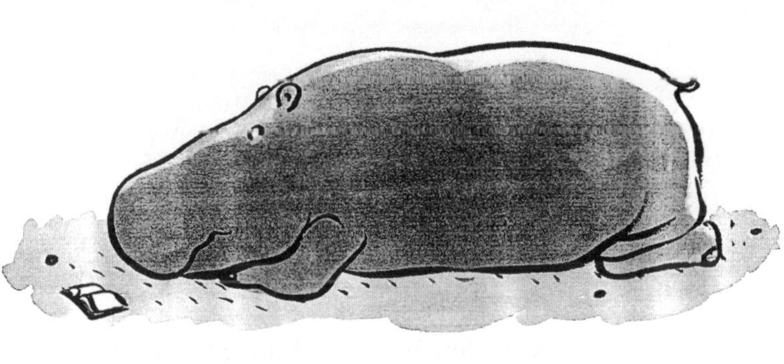

Wenn Nilpferde lesen könnten …

… würde es in den Buchhandlungen ganz schön eng.

Anhang

Die *Autoren*

Anger-Schmidt, Gerda, geboren 1943 in Wels. Schreibt seit 1980 Kinderbücher, Prosa und Lyrik. Daneben ist sie als Übersetzerin aus dem Englischen tätig. Zuletzt erschien: *Ein Jahr voller Nilpferde*, 2005.

Benjamin, Walter, geboren 1892 in Berlin, gestorben 1940 in Port Bou (Spanien). Kulturphilosoph, Literaturkritiker und Übersetzer. *Das Passagenwerk*, 1991.

Borges, Jorge Luis, geboren 1899 in Buenos Aires (Argentinien), gestorben 1986 in Genf (Schweiz). Ab 1955 Direktor der argentinischen Nationalbibliothek. Bekannt vor allem durch seine phantastischen Erzählungen.

Busch, Wilhelm, geboren 1832 in Wiedensahl (in der Nähe von Hannover), gestorben 1908 in Mechtshausen. Arbeitete für die satirische Zeitschrift »Die Fliegenden Blätter«. Berühmt wurde er u. a. durch seine Bildergeschichte *Max und Moritz.*

Bydlinski, Georg, geboren 1956 in Graz. Studierte Anglistik und Religionspädagogik in Wien. Seit 1982 freier Schriftsteller. Zuletzt erschien: *Hier ist alles irgendwie anders. Stefan zieht um*, 2005.

Duve, Karen, geboren 1961 in Hamburg. Arbeitete als Korrektorin und Taxifahrerin in Hamburg. Seit 1990 ist sie freischaffende Schriftstellerin. Zuletzt erschien: *Die entführte Prinzessin*, 2005.

Eliot, Thomas Stearns, geboren 1888 in Missouri (USA), gestorben 1965 in London. Lyriker, Dramatiker und Essayist, Literaturnobelpreis 1948. Nach seinen Studien in Harvard und an der Sorbonne gründete er die Zeitschrift »Criterion«. *The waste Land*, 1922.

Erba, Luciano, geboren 1922 in Mailand (Italien). Ordinarius für französische Literatur in Mailand, Übersetzer, Autor und Zeitschriftenherausgeber.

Gernhardt, Robert, geboren 1937 in Tallinn (Estland). Schriftsteller, Lyriker, Essayist, Zeichner und Maler. Mitbegründer der Rubrik Welt im Spiegel in der Satirezeitschrift »Pardon«, 1964. Zuletzt erschien: *Klappaltar. Drei Hommagen*, 2005.

Goethe, Johann Wolfgang, geboren 1749 in Frankfurt am Main, gestorben 1832 in Weimar.

Hammerschlag, Peter, geboren 1902 in Wien, 1942 im Konzentrationslager Auschwitz ermordet. Dichter, Schriftsteller, Kabarettist und Graphiker. Autor zahlreicher Kindergedichte. Zuletzt erschienen: *Die Affenparty*, 2001.

Haubner, Otto, geboren 1925 in Linz; Volks- und Hauptschullehrer, später Hauptschuldirektor im Innviertel/Oberösterreich. *Kleines Lesebuch wider die Zeit*. Gedichte und Prosa, 1979.

Henscheid, Eckhard, geboren 1941 in Amberg (Oberpfalz). Studierte Germanistik und Publizistik in München. Mitbegründer der Neuen Frankfurter Schule. Publiziert im Satiremagazin »Titanic«. Zuletzt erschien: *Die Nackten und die Doofen. Aufsätze zur Kulturkritik*, 2003.

Hermann, Wolfgang, geboren 1961 in Bregenz. Studium der Philosophie und Germanistik. Zuletzt erschien: *Herr Faustini verreist*, 2006.

Hintaye, Helga, geboren in Wien; Kurzgeschichten, Erzählungen und Lyrik. *Tierarium. Tierische und andere Unwahrheiten*, 1983.

Jenrich, Holger, geboren 1959, studierte Publizistik und Soziologie. Er ist Chefredakteur einer Fachzeitschrift in Hannover. Zuletzt erschien: *Die Elf vom Niederrhein*, 2005.

Jünger, Ernst, geboren 1895 in Heidelberg, gestorben 1998 in Wilflingen. Gehört zu den umstrittensten Autoren des 20. Jahrhunderts. *In Stahlgewittern*, 1920. *Weiße Nächte*, 1997.

Kaléko, Mascha, geboren 1907 in Chrzanow (Schidlow), gestorben 1975 in Zürich. Lyrikerin. 1933 veröffentlicht sie »Das Lyrische Programmheft«. Exil in den USA 1938. Zuletzt erschien: *Die paar leuchtenden Jahre,* 2003.

Kalmar, Rudolf, geboren 1900 in Wien, gestorben 1974 ebenda. 1938–44 im Konzentrationslager Dachau, 1947–56 Chefredakteur der Tageszeitung »Neues Österreich«. Ab 1960 Leiter des Literarischen Büros der Bundestheaterverwaltung. *Zeit ohne Gnade*, 1946.

Knight, Max (Max Kühnel), geboren 1909 in Wien, gestorben 1993 in Berkeley (Kalifornien). Schriftsteller, Herausgeber, Übersetzer.

Lobe, Mira, geboren 1913 in Görlitz (Schlesien), gestorben 1995 in Wien. Bedeutende österreichische Kinderbuchautorin. Zuletzt erschien: *Insu-Pu – Die Insel der verlorenen Kinder*, 2006.

May, Karl, geboren 1842 in Hohenstein-Ernstthal, gestorben 1912 in Radebeul. Seine Abenteuerromane sind in 33 Sprachen übersetzt.

Morgenstern, Christian, geboren 1871 in München, gestorben 1914 in Meran (Südtirol). Satirischer Lyriker, der sich gegen Ende seines Lebens der Theosophie und zuletzt der Anthroposophie zuwandte. Übersetzte auch zahlreiche Werke von Henrik Ibsen.

Moser, Erwin, geboren 1954 in Wien. Schriftsetzer, Kinder- und Jugendbuchautor. Zuletzt erschien: *Mario der Bär, Parabel*, 2005.

Okopenko, Andreas, geboren 1930 in Kosice (Slowakei). Studium der Chemie. Gilt mit seinem *Lexikon Roman*, 1970, als Vorläufer der Hypertext-Literatur. Zuletzt erschien: *Streichelchaos*, 2004.

Ringelnatz, Joachim, geboren 1883 in Wurzen bei Leipzig, gestorben 1934 in Berlin. Schriftsteller, Lyriker und Maler. Bekannt wurde er mit seinen Turngedichten und den Kuttel-Daddeldu-Versen. Zuletzt erschien: *Das große Ringelnatz Buch*, 2005.

Roth, Eugen, geboren 1895 in München, gestorben 1976 ebenda. Studierte Geschichte, Kunstgeschichte und Philosophie. Bekannt wurde er mit seinen humoristischen Gedichten.

Scheerbart Paul, (Kuno Küfer), geboren 1863 in Danzig, gestorben 1915 in Berlin. Schriftsteller phantastischer Literatur und Zeichner. Mitbegründer des Verlags deutscher Phantasten 1892.

Schnurre, Wolfdietrich, geboren 1920 in Frankfurt am Main, gestorben 1989 in Kiel. Mitbegründer der Gruppe 47 und Mitglied des PEN-Zentrums bis zum Bau der Berliner Mauer. Zuletzt erschien: *Die Weihnachtsmannaffäre*, 2004.

Schwitters, Kurt, geboren 1887 in Hannover, gestorben 1948 in Kendal (Großbritannien). Maler, Dichter, Werbegrafiker und Universalkünstler des Dadaismus.

Thomas, Dylan Marlais, geboren 1914 in Swansea (Wales), gestorben 1953 in New York. Schrieb Gedichte, Essays, Briefe, Drehbücher, autobiographische Erzählungen und ein Theaterstück.

Traxler, Hans, geboren 1929 in Herrlich im Sudetenland. Illustrator und Cartoonist, zählt zur Neuen Frankfurter Schule. Mitbegründer des Satiremagazins »Titanic« 1979. Göttinger Elch 2006. Zuletzt erschien: *Gibt es einen Fußballgott?*, 2006.

Völker, Thies, geboren 1956, studierte Jura und Geschichte, verfaßte Aufsätze und Bücher zu volkskundlichen Themen. Zusammen mit Karen Duve veröffentlichte er 1997 das *Lexikon berühmter Tiere*, ein Who's who der Stars der Tierwelt. Zuletzt erschien: *Lexikon berühmter Schiffe*, 2003.

Wedding, Alex, geboren als Grete Weiskopf 1905 in Salzburg, gestorben 1966 in Saalfelden (Salzburg). Alex Wedding gilt als Wegbereiterin der sozialistischen Kinder- und Jugendliteratur. Ihre beiden erfolgreichsten Bücher *Ede und Unku* und *Das Eismeer ruft* wurden verfilmt.

Zschokke, Matthias, geboren 1954 in Bern (Schweiz). Filmemacher und Schriftsteller. Zuletzt erschien: *Maurice mit Huhn*, 2006.

Zyx, Hieronymus, alias Erich Fritzbauer, geboren 1927 in Wien, Autor, Buchillustrator, Maler, Drucker; Gründer der »Edition Graphischer Zirkel«.

Zu den Autoren Norbert Böll, Johannes Kuhnen, Wilma Overbeck konnten keine biographischen Daten eruiert werden.

Quellen- und Copyright*vermerk*

GERDA ANGER-SCHMIDT: Wer kommt mit auf den Federnball? © Gerda Anger-Schmidt; WALTER BENJAMIN: Nilpferd in der Pagode*. Auszug aus »Berliner Kindheit um 1900« © Suhrkamp Verlag 1987; JORGE LUIS BORGES: Der Behemoth © 1982 Carl Hanser Verlag, München–Wien; WILHELM BUSCH: Das Nilpferd pflückt sich oft gemüthlich ... Aus: Was beliebt, ist auch erlaubt, Bertelsmann Lesering; GEORG BYDLINSKI: Im Nilpferdkindergarten © 2002, Dachs Verlag, Wien; KAREN DUVE: Huberta, Ruheloses Nilpferd © Eichborn AG, Frankfurt am Main, September 1997; KAREN DUVE: Pickelkönig. Aus: Das große Nashornbuch, DTV; T. S. ELIOT: Das Hippopotamus © 1972, Suhrkamp Verlag; LUCIANO ERBA: Das Nilpferd © 2002, Gunter Narr Verlag; ROBERT GERNHARDT: 2 Comics aus der Reihe »Schnuffis Abenteuer« © Robert Gernhardt 1986. Alle Rechte vorbehalten S. Fischer Verlag GmbH, Frankfurt am Main; JOHANN WOLFGANG VON GOETHE: Sieht aus wie ein Nilpferd*. Auszug aus: Faust. Erster Teil; PETER HAMMERSCHLAG: Das Nasenbohr-Nashorn © 1984, Paul Zsolnay Verlag, Wien; ECKHARD HENSCHEID: 2 Beiträge: Nilpferd Platsch, Das Nilpferd ist das Nashorn leid © Eckhard Henscheid; WOLFGANG HERMANN: Zoo © 1988 Carl Hanser Verlag, München–Wien; HOLGER JENRICH: Das Nilpferd als vertrauensbildende Maßnahme*. Aus: Das Nilpferd und die Werbung © 2002, Deutscher Taschenbuch Verlag, München; ERNST JÜNGER: Der Hippopotamus. Aus: Ernst Jünger. Das abenteuerliche Herz. Zweite Fassung. In: Figuren und Capriccios. Ernst Jünger. Sämtliche Werke. Band 9. Das abenteuerliche Herz. © Klett-Cotta, Stuttgart 1979; RUDOLF KALMAR: Nilpferdroman.

Aus: Land vom Kahlenberg, Wien, 1949; MAX KNIGHT: Hippolytus the Hippopotamus. Aus: Zany Zoo; MASCHA KALÉKO: Hippopotamus am Kärntnerring © 2003 Deutscher Taschenbuch Verlag, München; MIRA LOBE: Das Nilpferd*. Aus: Zwei Elefanten, die sich gut kannten © 1984, Paul Zsolnay Verlag, Wien; KARL MAY: Kampf der Giganten, recht martialisch*. Auszug aus: Die Sklavenkarawane, Zürich 1991; CHRISTIAN MORGENSTERN: Das Nasobēm und das Nilpferd. Aus: Christian Morgenstern, Gesammelte Werke, München 1965; ANDREAS OKOPENKO: Tierliebhaber beim Zeitungsstand © Andreas Okopenko; JOACHIM RINGELNATZ: 2 Beiträge: Dickhäuter, Die Feder. Das Gesamtwerk von Joachim Ringelnatz erscheint im Diogenes Verlag; EUGEN ROTH: Eugen Roths Großes Tierleben. Mit Illustrationen von Eleonore Gerhaher. Carl Hanser Verlag, München–Wien 1989; PAUL SCHEERBART: Gerettet und Nilpferd-Philosophie*. Aus: Gerettet © 2004, Shaker Verlag, Aachen; KURT SCHWITTERS: 2 Beiträge: Die Geschichte vom Hasen © 1975, Verlag M. DuMont Schauberg, Köln, Die Garten-Lotterie © 1986, Verlag DuMont Schauberg, Köln; DYLAN MARLAIS THOMAS: Nilpferd im Schnee*. Auszug aus: Weihnachtserinnerungen © 1996, Carl Hanser Verlag, München–Wien; HANS TRAXLER: Wenn Nilpferde lesen könnten © 1995, Diogenes Verlag AG, Zürich; ALEX WEDDING: Warum sich das Flußpferd im Wasser aufhält © Akademie der Künste; KARL ZSCHOKKE, Knautschke, der Nilpferdbulle.* Aus: Ein neuer Nachbar. Zürich 2002; HIERONYMUS ZYX: Es paßt das Morgenstern'sche Nasobem © Erich Fritzbauer, Eichgraben im Wienerwald

* Titel von der Herausgeberin

Für einige Texte und Bilder ließen sich bedauerlicherweise keine Autorisationen erreichen, da der Verbleib der Urheberrechte trotz sorgsamster Bemühungen nicht zu klären war bzw. Anfragen bis zum Zeitpunkt der Drucklegung unbeantwortet blieben. Der Residenz Verlag übernimmt die Verpflichtung gegenüber Urheberansprüchen, falls diese rechtmäßig geltend gemacht werden.

Bild*nachweis*

S. 28: © Hermine Plank Damm

S. 50: © Bil Spira

S. 68: Peter Hammerschlag, Grünes Bergnilpferd, Österreichisches Literaturarchiv

S. 82: © Ulrike Rostek

S. 92: © Walter Schmöger

S. 126: Alfred Kubin, Dressurakt, o. J. © VBK, Wien, 2006

S. 150: © Renate Habinger

S. 190: Ausschnitt aus der Lithographie »Das Paradies« von Oskar Laske. In: Cornelia Reiter, Oskar Laske. Ein vielseitiger Individualist, Salzburg 1995

S. 238: Oskar Laske, Illustration aus: Antonio Bertramelli, Ubaldus und die Tiere, Wien 1920.

Die den Texten beigestellten Bilder stammen von den Autoren.

Evelyne Polt-Heinzl, geboren 1960, Studium der Germanistik, Politikwissenschaft und Philosophie. Herausgeberin zahlreicher literarischer Anthologien.

Aus unserer Geschenkbuchreihe

Von Amadé bis Zungenspiel

Das Mozartwörterbuch

Versammelt von Christian M. Fuchs

Von Adamsapfel bis Zwergenraub

Das ultimative Garten-Glossar

Versammelt von Christine Haiden
und Astrid Wintersberger

Das merkwürdige Leben der Literaten

Versammelt von Jürgen Neckam